MODERN HUMANITIES RESEARCH ASSOCIATION

CRITICAL TEXTS

VOLUME 36

Editor
MALCOLM COOK
(*French*)

LETTRES TAHITIENNES

JOSÉPHINE DE MONBART

LETTRES TAHITIENNES

JOSÉPHINE DE MONBART

Édition présentée par
Laure Marcellesi

MODERN HUMANITIES RESEARCH ASSOCIATION
2012

Published by

The Modern Humanities Research Association,
1 Carlton House Terrace
London SW1Y 5AF

First published 2012

ISBN 978 1 907322 61 7

ISSN 1746–1642

Copies may be ordered from www.criticaltexts.mhra.org.uk

Table des matières

Remerciements

Je tiens à remercier le Neukom Institute for Computational Science de Dartmouth College, dont le soutien technique et financier a rendu possible l'établissement du texte. Je remercie particulièrement Hany Farid, qui a cru en ce projet, et Victoria Smith, qui en a assuré la logistique. Un grand merci à Anne Rosenblum et Elizabeth Kee pour leur aide précieuse en tant que stagiaires du Neukom Institute pendant l'été 2010. J'ai eu la chance qu'Anne continue à travailler avec moi sur le roman en tant que Presidential Scholar de Dartmouth College à l'automne 2010 et hiver 2011. Mes remerciements vont aussi à Afra Zomorodian pour son aide précieuse en informatique et à Anne Régent-Susini, qui a résolu plus d'une énigme linguistique. Toute ma gratitude à Adrian Randolph, Colleen Boggs et Isabel Weatherdon du Leslie Center for the Humanities à Dartmouth College, où j'ai été accueillie avec générosité. Chapeau à Julie Püttgen pour son portrait de Joséphine de Monbart et merci à Dennis Grady pour les reproductions des illustrations de cet ouvrage. Enfin, je suis particulièrement reconnaissante à ma mère, Christiane, pour sa relecture méticuleuse du manuscrit ainsi que pour son soutien moral dans la dernière ligne droite de ce projet.

Portrait de Joséphine de Monbart réalisé par Julie Püttgen d'après un tableau
non signé non daté appartenant à la famille von Monbart et reproduit en 1934
dans l'article d'Albert Béguin, 'Jean Pauls französische Freundin' (*Zeitschrift
für Bücherfreunde*, 38 Jahrgang, Dritte folge III, heft 7 (1934), 142).

Joséphine de Monbart : remarques biographiques

Joséphine de Monbart n'est ni le nom que reçut cette écrivaine à sa naissance ni celui qu'elle portait à sa mort, mais c'est celui qui apparaît sur la page de titre de ses œuvres publiées et c'est donc celui que nous adoptons ici.

Joséphine de Monbart fait partie de ces écrivains négligés par le canon littéraire : parce qu'elle était femme, parce qu'elle publiait en Prusse et non en France, parce qu'elle s'exprimait dans un style qui n'a pas survécu à la Révolution. Nous avons donc assez peu de détails sur sa vie et sur la réception de son œuvre. La courte biographie qui suit est tirée de la correspondance de l'auteure avec l'écrivain romantique allemand Johann Paul Friedrich Richter, dit Jean-Paul, entre 1799 et 1803[1] ainsi que des recherches menées par Albert Béguin dans le cadre de son travail sur le romantisme allemand.[2]

Née Marie-Joseph, dite Joséphine, Peyrennit (dont on trouve aussi les orthographes Peyronnet ou Peyrrony) de Lescun (ou Lescunq) à Paris à la fin des années 1750, Madame de Monbart grandit dans une famille de petite noblesse du Languedoc. Après avoir reçu une solide éducation de sa mère, elle termine ses études au couvent. À sa sortie du couvent en 1774 ou 1775, à l'âge de 16 ou 17 ans, elle refuse le mariage arrangé par ses parents et s'enfuit en Prusse avec un parent plus âgé, Louis de Monbart (qu'on trouve aussi orthographié Mombart ou Montbart). Le couple vit d'abord à Breslau jusqu'en 1779 puis à Postdam pendant un an avant de s'installer à Schattland, près de Dantzig. Ils ont deux fils, qui deviendront tous deux officiers dans l'armée prussienne. Leurs descendants prendront le nom de von Monbart.

C'est de cette époque de la vie de Monbart que datent ses œuvres littéraires, sous le patronage de Frédéric II de Prusse et de sa cour. Monbart revendique ouvertement l'influence de Rousseau, son maître spirituel, ainsi que de « Me. de Sévigné, Mlle. de La Fayette, Mlle. de Graffigni [sic], La Marquise du Châtelet. »[3] Ce sont tout d'abord *Les Loisirs d'une jeune dame*, qui paraissent sans nom d'auteur à Berlin en 1776, puis dans une deuxième édition à Breslau en 1784. Les *Loisirs* retracent dans un style poétique le voyage entre le Languedoc et Berlin avant de décrire de manière plus acerbe la Prusse que les Monbart découvrent à leur arrivée. Suit en 1777 *Sophie, ou de l'éducation des filles*, dédié à Frédéric II. Ce traité d'éducation se veut le pendant

1

féminin de l'*Emile* de Rousseau. A l'image du précepteur d'Emile, la narratrice est la gouvernante de Sophie, de l'âge de 5 ans à son mariage. Dans la même veine, le traité *De l'éducation d'une princesse* paraît à Berlin en 1781.

Avec les *Mélanges de Littérature*, en 1779, Monbart s'essaie à de nouveaux genres littéraires. Dédié au neveu de Frédéric le Grand, Frédéric Guillaume, Prince de Prusse, dont la « Réponse » est publiée au début de l'ouvrage, ce recueil réunit des épîtres, des bouts rimés, divers textes en vers, le début d'un drame théâtral, et trois « contes moraux », qui donneront le titre à la traduction allemande *Moralische Erzählungen* (1781). Ces contes contiennent le style et les thèmes que l'on retouvera dans les *Lettres tahitiennes*, avec la dimension fortement anti-esclavagiste des « Deux nègres » et les portraits de femmes déchirées entre vertu et passion dans « Corine & Julie » et « Claire ». En 1784, les *Lettres tahitiennes*, librement inspirées du *Voyage autour du monde* de Bougainville, proposent une perspective à la fois rousseauiste et féminine sur la colonisation et la condition féminine. Ce roman épistolaire dans le style des « lettres étrangères » très en vogue à l'époque est le plus grand succès de Monbart : c'est le seul de ses ouvrages à être publié en dehors de Prusse, à Bruxelles en 1786 et à Paris, sans doute la même année, avec la publicité « Suite aux Lettres péruviennes ». Béguin mentionne que Monbart aurait travaillé à un ouvrage similaire, *Lettres américaines*, mais il n'a jamais été publié.

La carrière littéraire de Monbart ne survit pas à son premier mariage, qui est annulé en 1785. Après avoir envisagé de rentrer en France, Monbart épouse en septembre 1786 un officier de l'armée prussienne, Hans-Joachim-Friedrich von Sydow. Dans sa correspondance avec Jean-Paul, Monbart dira avoir « abandonné les muses » pour contenter son mari et se concentrer sur sa vie d'épouse et de mère. De cette deuxième union naissent un fils, qui deviendra lui aussi militaire, et une fille, Charlotte, que Monbart tiendra à élever personnellement.

Après une dizaine d'années, von Sydow s'étant révélé vulgaire et infidèle, Monbart se retire avec sa fille dans le domaine de Klein-Rambin en Poméranie. Elle se consacre à l'application des principes rousseauistes dans l'éducation de sa fille et dans l'administration de son domaine. Elle trouve dans l'œuvre de l'écrivain Jean-Paul Richter une affinité et une stimulation intellectuelle qui lui manquent depuis son exil de la République des Lettres. Elle commence alors une correspondance passionnée avec Jean-Paul, correspondance qui culmine dans une rencontre d'une semaine à Berlin en mai 1800 mais qui décline après le mariage de Jean-Paul et l'essor de sa carrière.

Monbart divorce de von Sydow en 1802 et vit mal le départ de sa fille, qui se marie en 1803. La solitude de la vie en Prusse lui pesant de plus en plus, elle vend quelques propriétés et s'installe à Berlin en 1811. Monbart semble avoir caressé le projet de traduire les œuvres de Jean-Paul en français après la mort de celui-ci en 1825. Elle meurt à Berlin le 26 janvier 1829.

Notes

1. Jean Paul Friedrich Richter, *Denkwürdigkeiten aus dem Leben von Jean Paul Friedrich Richter*. (München: E.A. Fleischmann, 1863), 147–227. Voir en particulier les pages 148 à 151 pour les détails auto-biographiques que Monbart envoie à Richter.

2. Albert Béguin, « Jean Pauls französische Freundin. » *Zeitschrift für Bücher-freunde*. 38 Jahrang, Dritte folge III, heft 7 (1934), 142–146.

   — — « Une amie française de Jean-Paul : Madame de Monbart (Joséphine de Sydow). » In *Revue de littérature comparée*. 15 (1935), 30–59.

3. Monbart, Joséphine de, *De l'éducation d'une princesse* (Berlin : Himburg, 1781), 21.

Introduction

Lorsque, le 15 avril 1768, la *Boudeuse* de Louis-Antoine de Bougainville s'apprête à larguer les amarres après neuf jours passés sur l'île de Tahiti, le chef local Ereti convainc les Français de prendre à leur bord un jeune Tahitien nommé Ahuturu. Au moment du départ, Bougainville remarque

> une jeune et jolie fille que l'insulaire qui venait avec nous fut embrasser. Il lui donna trois perles qu'il avait à ses oreilles, la baisa encore une fois ; et malgré les larmes de cette jeune épouse ou amante, il s'arracha de ses bras et remonta dans le vaisseau.[1]

C'est vraisemblablement cet épisode qui a inspiré Joséphine de Monbart pour son roman épistolaire *Lettres tahitiennes*, que nous proposons ici dans une nouvelle édition. Sous la plume de la romancière, Ahuturu devient Zeïr et sa compagne anonyme prend le nom de Zulica. Leur correspondance fictionnelle suit les aventures et mésaventures de « deux jeunes gens simples, qui ne doivent avoir eu d'autre maître que la nature »[2] confrontés à la civilisation européenne du dix-huitième siècle. Cette œuvre aux forts accents rousseauistes s'inscrit dans le courant humaniste des Lumières : Monbart s'alarme de l'expansion coloniale européenne et condamne le statut inférieur des femmes dans la France de l'Ancien Régime. Sa voix ne se confond néanmoins pas avec celles de ses contemporains plus célèbres. Elle prolonge et corrige la critique anti-colonialiste de Denis Diderot dans le *Supplément au Voyage de Bougainville* en mettant en relief les violences faites aux femmes. Elle offre à ses lectrices une réponse aux injustices de la condition féminine bien différente de celle de Françoise de Graffigny dans *Lettres d'une Péruvienne*. Finalement, elle humanise les idées de Rousseau en mettant en pratique ses réflexions sur l'état de nature et le développement humain, et en essayant de conserver la sensibilité rousseauiste au cœur de la civilisation du dix-huitième siècle.

Nous situerons les *Lettres tahitiennes* dans leur contexte historique et littéraire avant de proposer quelques pistes d'analyse sur la dimension anti-coloniale du roman ainsi que ses revendications féminines voire féministes. Nous nous intéresserons pour finir à l'importance de la philosophie rousseauiste dans la réflexion de Monbart sur la condition humaine.

Contexte historique et littéraire

Le voyage de Bougainville, première circumnavigation du globe par un Français, connaît immédiatement un grand retentissement. Mais sur les trois ans qu'a duré l'expédition (1766–1769), c'est le séjour de neuf jours sur l'île paradisiaque de Tahiti qui retient toutes les attentions. Dès novembre 1769 paraît dans le *Mercure de France* la « Lettre de M. Commerson [...] sur la Nouvelle Ile de Cythère ou Taïti. » Son auteur, le naturaliste à bord de la *Boudeuse*, Philibert Commerson, offre une description lyrique et primitiviste de l'île, à laquelle il aurait souhaité donner le nom d'*Utopie*.[3] Bougainville est plus circonspect dans son *Voyage autour du monde*, publié en 1771, évoquant par exemple des coutumes tahitiennes peu enviables, telles que les sacrifices humains. Mais lui-même reste fasciné par l'épisode tahitien de son voyage et ses talents littéraires contribueront à diffuser le mythe d'un Tahiti utopique, où règnerait un état de nature marqué par l'abondance, l'harmonie sociale et, surtout, une sensualité sans inhibition.

Ahuturu, le jeune Tahitien qui s'est embarqué sur la *Boudeuse* en avril 1768, contribue encore à l'engouement français pour Tahiti,. Lors de l'escale à l'Ile de France en octobre 1768, il rencontre Bernardin de Saint Pierre dont les lettres offrent les premières descriptions d'Ahuturu. Celui-ci prend le patronyme de Poutaveri, transcription en français de la prononciation tahitienne du nom de Bougainville. Les Français, pour leur part, orthographient son prénom *Aoutourou*. Après son arrivée à Paris en mars 1769 et sous le patronage de Bougainville et de la duchesse de Choiseul, il rencontre le roi Louis XV. Ahuturu est examiné par les scientifiques La Condamine et Péreire. Il aime se promener dans Paris, apprécie l'opéra et, semble-t-il, les femmes. Il repart au printemps 1770 afin de rejoindre l'expédition de Marion-Dufresne à l'Ile de France. Il y retrouve Bernardin de Saint Pierre qui inclut un portrait plus positif du Tahitien dans son ouvrage anti-esclavagiste *Voyage à l'Ile de France*. Ahuturu ne reverra cependant pas son île natale : il meurt de la petite vérole au large de Madagascar le 6 novembre 1771. Un autre Polynésien, Maï, fixe bientôt l'attention des Européens. Maï rejoint l'équipage de Cook à Tahiti lors du second voyage du navigateur britannique et vit à Londres de 1774 à 1776. Il est, lui, inoculé contre la petite vérole dès son arrivée et retrouve la Polynésie en 1777 grâce au troisième voyage de Cook.

Les récits des voyageurs européeens ainsi que le destin de Ahuturu et de Maï inspirent aussitôt nombre d'auteurs français. De cette vogue tahitienne qui marque la littérature des trente dernières années du dix-huitième siècle, notre canon a surtout retenu *Le supplément au Voyage de Bougainville* où Diderot se sert d'une réflexion sur Tahiti pour mettre en valeur sa philosophie matérialiste et ses prises de position anti-colonialistes.[4] Cependant, paraissent aussi de nombreuses publications qui mettent en scène Ahuturu et Maï. En 1770, avant même la publication du *Voyage autour du monde* de Bougainville, Bricaire de la Dixmérie publie *Le Sauvage de Taïti aux Français*. En 1775, c'est au tour de Voltaire avec son conte philosophique *Les Oreilles du comte Chesterfield*. Viennent ensuite des essais à visée scientifique (Les « Langues des Isles de la Mer du Sud » de Court de Gébelin en 1777 ; l'*Essai sur l'isle d'Otahiti située dans la Mer du Sud et sur l'esprit et les mœurs des habitants* de Taitbout en 1779). L'année 1782 voit la publication du recueil poétique *Les jardins* de l'Abbé Delille ainsi que le fantaisiste traité philosophico-historique *Histoire des Révolutions de Taïti, par M. Poutavery, Grand-Earée de Taïti* de Poncellin de la Roche-Tilhac. La pièce de théâtre de Deslile de Sales, *La Vierge d'Otaïti*, est publiée en 1788 tandis que l'Abbé Baston fait paraître son roman *Les Narrations d'Omaï* en 1790. De nombreux écrivains font aussi référence au topos de Tahiti et à la figure du *Sauvage* tahitien dans un éventail littéraire allant de poèmes lyriques à des romans, en passant par des discours politiques.

Pour son propre supplément au *Voyage* de Bougainville, c'est la forme du roman épistolaire que choisit Monbart. Genre de prédilection du dix-huitième siècle, le roman épistolaire se prête bien au dialogue interculturel, comme en témoignent l'immense succès des *Lettres persanes* de Montesquieu (1721) et la mode des « lettres étrangères » qui s'ensuit. Des régions françaises (*Lettres parisiennes, Les Helviennes, ou Lettres provinciales philosophiques...*) aux pays d'Europe (*Lettres polonaises, Lettres grecques...*) jusqu'aux territoires les plus exotiques (*Lettres siamoises, Lettres chérakéesiennes...*), on ne compte pas moins d'une soixantaine de titres appartenant à ce genre au dix-huitième siècle.[5] Le style, l'intrigue et les personnages des *Lettres tahitiennes* évoquent en particulier les *Lettres d'une Péruvienne* de Françoise de Graffigny (1747) et il est probable que Monbart connaisse cette œuvre, bien qu'elle ne la mentionne pas explicitement. Dans leur deuxième édition, *Les Lettres tahitiennes* portent même le sous-titre de « Suite aux Lettres Péruviennes », mais il s'agit sans doute d'une publicité de l'imprimeur parisien plutôt que du choix de Monbart. La romancière n'est en effet pas en France à cette époque et n'a pas choisi de faire figurer la référence aux *Lettres d'une Péruvienne* dans la première édition. Il est donc réducteur de faire des *Lettres tahitiennes* une suite au roman de Graffigny, même si l'influence est vraisemblable.[6] Plutôt qu'imitation servile, le choix de Monbart se comprend par l'adéquation à ses desseins du genre des « lettres étrangères », dont les personnages jouent un rôle double : ils tendent un miroir critique à la société de l'Ancien Régime tout en offrant aux lecteurs une ouverture sincère sur l'Autre.

Une œuvre anti-coloniale

Alors qu'on célèbre la « découverte » de Tahiti, c'est-à-dire la rencontre avec une culture non-occidentale, se pose la question de l'attitude à adopter avec cette nouvelle population et des conséquences de l'intrusion européenne sur leur société. Cette réflexion sur le rapport à l'Autre, Monbart l'a commencée avant même les *Lettres tahitiennes*. Ses *Mélanges de littérature*, publiés en 1779, attestent déjà de sa sensibilité au courant anti-colonialiste, avec en toile de fond la « légende noire » de la colonisation espagnole en Amérique du Sud. Le recueil contient par exemple une conversation entre un conquistador espagnol et une « jeune Péruvienne » sur fond de « dévastation du nouveau monde » : Monbart condamne à travers la voix de la Péruvienne les « crimes » et « cruautés atroces » perpétrés par les Européens et c'est l'Espagnol qui reçoit le qualificatif de « barbare ».[7]

La même indignation et le même retournement sémantique du mot *barbare* sont à l'œuvre dans le conte moral « Les deux nègres », lui aussi publié dans les *Mélanges de littérature*. La cible en est l'esclavage des « infortunés Affricains [*sic*] » à travers l'histoire de deux amis, Amor et Zembri, arrachés à leur Niger natal par des « Européens barbares » et déportés dans des plantations américaines.[8] Monbart renverse de nouveau la logique étymologique du mot *barbare* qui ne désigne plus l'Autre sinon l'Européen. La barbarie est en premier lieu une caractéristique européenne avant d'être propagée par les explorateurs et colons européens et de contaminer les peuples étrangers, « [c]es peuples que nous appelons barbares et qui ne le seroient peut-être pas s'ils ne nous avoient jamais connus. »[9]

Il n'est donc pas étonnant que les *Lettres tahitiennes* mettent en scène la corruption de la vie idyllique décrite dans l'introduction du roman avec l'arrivée de marins d'abord français puis britanniques. A la lettre XXI, Zulica prévient ainsi Zeïr : « Ne reviens plus dans cette île malheureuse, tous les vices des Européens y sont entrés avec eux. »[10] Le paradis originel est à présent perdu et les personnages doivent quitter Tahiti, de gré ou de force. Monbart n'est pas la seule à s'inquiéter du sort des populations polynésiennes. Le *Supplément au Voyage de Bougainville* de Diderot, par exemple, est célèbre pour sa virulente critique anti-coloniale. Le discours d'un vieux Tahitien, intitulé « Adieux du vieillard », sape la légitimité-même de la prise de possession par des Européens de terres déjà peuplées et déplore l'introduction de vices jusque-là inconnus sur l'île. Cependant, Diderot présente aussi un autre personnage, Orou, qui, lui, n'est pas victime des Européens mais sait retourner la situation à l'avantage des Tahitiens. Il met en place un système très contrôlé de relations sexuelles entre marins français et femmes tahitiennes dans l'espoir d'une amélioration génétique pour son peuple.[11] Sous la plume de Diderot, les Tahitiens gardent le contrôle de leur société et ce sont les Français, en particulier l'aumônier catholique, qui sont intimidés par les coutumes locales, symbolisés par la sexualité de leurs hôtes et hôtesses.

Le scénario envisagé par Monbart est moins optimiste mais sans doute plus réaliste. Contrairement au fantasme de Diderot dans le *Supplément au Voyage de Bougainville*, la sexualité se transforme en arme coloniale, dont la violence se concentre sur le corps de la femme tahitienne. Dès la troisième lettre, Zulica rapporte à Zeïr que les « fiers et jaloux Etrangers » ont « maltraité » de jeunes Tahitiennes, « os[ant] violer l'asile » et les bienfaits qui leur avaient été accordés.[12] A la lettre XXI, annoncé par le harcèlement de Zulica par l'Anglais Johnston, le viol de l'héroïne marque un tournant dans le roman :

> « C'en est fait Zeïr, la malheureuse Zulica est devenue la proie d'un monstre : ni mes cris, ni mes larmes n'ont pu toucher mes barbares compatriotes, mon innocence n'a pu me sauver de l'artifice. »[13]

Ce « monstre », « cet odieux tyran », ce « persécuteur », c'est Johnston : c'est lui qui viole Zulica et l'enlève à elle-même (« je ne m'appartiens plus, » écrit Zulica) pour l'emmener en Angleterre.[14] Mais les compatriotes de Zulica deviennent aussi *barbares* que les Européens : ce sont eux qui « traîn[ent] de force » la jeune fille et la « livr[ent] » à Johnston.[15] L'appât de « dangereux trésors » et de « faux biens » a corrompu l'harmonie originelle de Tahiti.[16] La prostitution forcée de Zulica par ses propres compatriotes révèle qu'au-delà de victimes individuelles, les Européens s'attaquent au lien social, à la communauté prise dans son ensemble. On est loin ici de la relation entre l'aumônier français et les femmes de la famille d'Orou dans le *Supplément au* Voyage *de Bougainville* : le corps de la femme tahitienne incarne les crimes de l'expansion coloniale européenne.

Une œuvre féministe

La critique anti-coloniale de Monbart se double d'une critique féministe. La romancière brosse un sombre tableau de la condition féminine dans la France du dix-huitième siècle. St. Val relève la médiocrité et les dangers de l'éducation que reçoivent les jeunes filles (lettre XIII) tandis que l'épisode de la prise de voile de Julie (lettres XIII à XVII) s'insurge du sort fait aux femmes dans l'institution conventuelle. Enfin, Monbart s'en prend à l'hypocrisie de la société, bien prompte à censurer l'infidélité d'une femme mais indulgente envers l'homme volage (lettre XII).

Grâce aux *Lettres tahitiennes*, Monbart entend offrir à ses lectrices un début de réponse à cette situation. Ayant déjà publié deux traités d'éducation destinés à des jeunes femmes *(Sophie, ou de l'éducation des filles* en 1777 et *De l'éducation d'une princesse* en 1781), elle attribue un rôle didactique au personnage de Zulica face aux mauvais exemples incarnés à différents degrés par Julie, la Duchesse de Mimieure et Madame de Germeuil. Monbart conçoit Zulica comme le personnage principal, ainsi qu'on peut s'en rendre compte dans la description laconique du roman qu'elle fait plus tard à Jean-Paul : « Zulika [*sic*], héroïne de l'histoire ressemble dit-on à l'auteur. »[17] De fait, contrairement aux errements géographiques, amoureux, et moraux de Zeïr, Zulica incarne la rectitude morale la plus parfaite. Tandis que son amant lui est infidèle, tergiverse et se compromet, Zulica fait preuve de courage en s'échappant de l'emprise de Johnston et jamais elle ne vacille dans sa fidélité à Zeïr.

Les lecteurs du vingt-et-unième siècle s'étonneront sans doute de l'attitude de ce personnage féminin qui exonère son amant de ses fautes envers elle (lettre LIX) et ne se projette que dans sa relation avec lui, ainsi que le remarque St. Val :

> « Zulica dans tout ce qu'elle fait ne voit que Zeïr, ne songe qu'à lui, ne s'occupe que de ce qui peut lui plaire. Elle n'a point de bonheur en propre, c'est de celui de son amant qu'elle est heureuse. »[18]

Zulica n'a pas non plus besoin de biens matériels en propre puisque Zeïr renvoie à Johnston le « billet de banque de 4000 livres Sterling » que l'Anglais avait adressé à Zulica en réparation de ses mauvais traitements, l'accompagnant même de la « reconnaissance » de la jeune femme.[19] La définition du rôle de la femme que propose Monbart à travers Zulica peut paraître plus sexiste que féministe, surtout en comparaison à la perspective de Graffigny dans les *Lettres d'une Péruvienne*. Au terme du roman de Graffigny, l'héroïne Zilia se détourne avec horreur de son amant infidèle, Aza, pour mener une vie indépendante sur son propre domaine, déclinant l'offre de mariage du sincère Déterville.

Monbart, elle, fait partie de ces femmes des Lumières inspirées par Rousseau et son idéal d'une domesticité éclairée qui paraît redonner aux femmes une dignité bafouée.[20] Si elle ne remet pas fondalement en question l'infériorité de la femme soutenue par Rousseau[21] et si elle laisse aux hommes le domaine public et l'action physique, elle réserve aux femmes le domaine privé et la sphère spirituelle, ce qui leur donne une supériorité morale et sensible sur les hommes. De là, il échoit aux femmes un rôle de guide moral, qui doit régénérer une société dévoyée,[22] et que Zulica incarne à la perfection dans les *Lettres tahitiennes*. Zulica ramène Zeïr dans le droit chemin et lui permet de redevenir véritablement homme, après qu'il a été le jouet de femmes dénaturées.

Une œuvre rousseauiste

Au-delà de la condition féminine, c'est une réflexion sur l'humain que propose Monbart grâce à la philosophie de Rousseau. De fait, les *Lettres tahitiennes* peuvent se concevoir comme l'exploration du développement humain et de la place de l'individu sensible dans la société. La lecture très fine que Monbart fait de Rousseau lui permet d'éviter le mythe réducteur et trompeur du *Bon Sauvage* – elle n'emploie d'ailleurs pas une seule fois le mot *sauvage*. La romancière s'intéresse plutôt à l'idée du progrès humain, développée par St. Val dans la lettre XI et incarnée par Zulica et Zeïr tout au long du roman. Reprenant les idées de Rousseau dans son *Discours sur l'origine et les fondements de l'inégalité parmi les hommes* (1755), Monbart présente par l'intermédiaire de St. Val les trois « degrés » ou « gradations » de la civilisation humaine, en commençant par un « état semblable aux brutes »[23] où, selon Rousseau, l'être humain ne satisfait qu'à ses

« fonctions purement animales, » « ses besoins Physiques ».[24] Le Tahiti de Zulica et Zeïr a atteint le deuxième stade du progrès humain, l'âge d'or rousseauiste, marqué par le milieu juste entre nature et culture, entre primitif et civilisé. La « vie tranquille, mais non désoccupée » décrite dans l'introduction des *Lettres tahitiennes* peut alors être interprétée soit comme idyllique soit comme limitation, ainsi que le fait remarquer St. Val à Zeïr : « vos jours sont plutôt exempts de peines que marqués par le bonheur ».[25]

Dans cette perspective, le départ de Zeïr, son admiration devant les prouesses du monde civilisé, son zèle à émuler les Européens se comprennent comme la marque de la *perfectibilité* analysée par Rousseau, une des « facultés que l'homme Naturel a[] reçues en puissance. »[26] Dans l'Europe du dix-huitième siècle, les personnages tahitiens découvrent le point culminant de la perfectibilité humaine, « l'esprit arrivé jusqu'au terme de la perfection dont il est susceptible. »[27] Cependant, la philosophie rousseauiste considère que la perfectibilité naturelle a été dévoyée à de mauvaises fins et que le développement de la civilisation s'est accompagné d'une déchéance morale. La mère « dénaturée » de St. Val et Julie et la cruelle Duchesse de Mimieure en sont les exemples les plus frappants dans les *Lettres tahitiennes*. Les autres personnages illustrent plutôt la tension entre qualités naturelles et influence néfaste de la société : ils sont plus victimes de leur environnement et des circonstances que de vices naturels. Julie est trompée par une mauvaise éducation et le faux éclat de la vie cloîtrée. Au moment de mourir, Madame de Germeuil semble recouvrer sa vertu initiale :

> « Zeïr, mon âme n'est pas faite pour le vice, et je meurs trop heureuse puisque vous m'avez rendu l'innocence ».[28]

Même Johnston est finalement réhabilité, il verse des larmes de repentir et St. Val en vient à excuser les circonstances pour son crime :

> « La résistance de Zulica rendit Johnston barbare, une passion plus heureuse eût peut-être adouci ces farouches vertus qu'on voit briller en lui au travers de mille vices. »[29]

Dans cette perspective, on peut concevoir le roman de Monbart non seulement comme un supplément au *Voyage* de Bougainville mais plus largement comme une exploration du sort réservé à l'innocence naturelle, à l'âme sensible dans la société européenne du dix-huitième siècle.

Conclusion

Faut-il alors, ainsi que s'interroge Rousseau dans son *Discours sur l'inégalité*, « détruire les Sociétés, anéantir le tien et le mien, et retourner vivre à la forêt avec les Ours ? »[30] Faut-il aller vivre à Tahiti ? La réponse est négative. Non seulement cela serait impossible – l'âge d'or tahitien n'a pas survécu à la rencontre avec les Européens – mais ce retour en arrière ne serait pas souhaitable. Un premier élément de solution est esquissé par St. Val lorsqu'il conseille à Zeïr :

> « conservez chèrement cette candeur de sentiment que vous avez apportée de votre île et joignez-y ces agréments que vous aimez dans les Français, vous serez par ce moyen le plus aimable et le plus heureux des hommes. »[31]

 C'est ce que les personnages mettent en pratique à la fin du roman en alliant les aspects positifs de l'âge d'or tahitien aux avancées de la civilisation dans leur retraite languedocienne.[32] Ce nouveau Clarens dans la campagne française offre un refuge aux « âmes sensibles » blessées par la société, dans une synthèse harmonieuse entre Tahiti et Paris, entre nature et culture.

Notes

1. Louis-Antoine de Bougainville, *Voyage autour du monde*, ed. par Michel Bideaux et Sonia Faessel (Paris : Presses de l'Université Paris-Sorbonne, 2001), 219.

2. Joséphine de Monbart, *Lettres tahitiennes*, ed. par Laure Marcellesi, Critical Texts, 17 (London : MHRA, 2012). Toutes les références au roman dans l'appareil critique renvoient à la présente édition.

3. Reproduit dans Louis-Antoine de Bougainville, 402.

4. Diderot fait circuler le manuscrit du *Supplément au* Voyage *de* Bougainville dès 1772 mais il ne sera publié que de manière posthume en 1796.

5. Yves Giraud, *Bibliographie du roman épistolaire en France, des origines à 1842* (Fribourg : Editions Universitaires Fribourg Suisse, 1977).

6. C'est le raccourci que fait par exemple Giulia Pacini dans « Righteous Letters : Vindications of Two Refugees in *Lettres D'une Péruvienne*

and Its Unauthorized Sequel *Lettres Taïtiennes* », DigitalCommons@ McMaster, 2006.

7. Monbart, *Mélanges de Littérature* (Breslau : Korn, 1779), 160, 160, 161, 163 et 161.

8. Monbart, *Mélanges de Littérature*, 177 et 178.

9. Monbart, *Mélanges de Littérature*, 183.

10. Monbart, *Lettres tahitiennes*, 64.

11. Denis Diderot, *Supplément au Voyage de Bougainville*, ed. par Gilbert Chinard (Paris : Droz, 1935), 77.

12. Monbart, *Lettres tahitiennes*, 22.

13. Monbart, *Lettres tahitiennes*, 63.

14. Monbart, *Lettres tahitiennes*, 64.

15. Monbart, *Lettres tahitiennes*, 64.

16. Monbart, *Lettres tahitiennes*, 64.

17. Jean Paul Friedrich Richter, *Denkwürdigkeiten aus dem Leben von Jean Paul Friedrich Richter,* ed. par Ernst Förster et Emanuel Osmund, (München : E.A. Fleischmann, 1863), 155.

18. Monbart, *Lettres tahitiennes*, 124.

19. Monbart, *Lettres tahitiennes*, 123.

20. Voir l'analyse de Mary Trouille dans *Sexual Politics in the Enlightenment : Women Writers Read Rousseau* (Albany : State U of New York P, 1997).

21. Elle écrit par exemple à Jean-Paul : « je n'oublie ni mon sexe ni la supériorité du vôtre dans tout ce qui est du ressort du génie et je ne tomberai point dans la faute de Madame de Genlis, que j'estime à beaucoup d'autres égards et je ne m'aviserai point de juger mes maîtres. » Jean Paul Friedrich Richter, *Denkwürdigkeiten aus dem Leben von Jean Paul Friedrich Richter,* 174.

22. Ann Willeford montre que cette idée est déjà présente dans les salons des dix-sept et dix-huitième siècles, où « les femmes sont considérées comme des forces civilisatrices supérieures. » dans *Femmes et pouvoirs sous l'Ancien Régime.* ed. par Danielle Haase-Dubosc et Eliane Viennot (Paris : Rivages, 1991), 229.

23. Monbart, *Lettres tahitiennes*, 37.

24. Jean-Jacques Rousseau, *Œuvres complètes,* ed. par Bernard Gagnebin et Marcel Raymond (Paris : Gallimard, 1964), III, 143.

25. Monbart, *Lettres tahitiennes*, 18 et 38.

26. Jean-Jacques Rousseau, *Œuvres complètes*, III, 162.

27. Jean-Jacques Rousseau, *Œuvres complètes*, III, 174.

28. Monbart, *Lettres tahitiennes*, 121.

29. Monbart, *Lettres tahitiennes*, 95.

30. Jean-Jacques Rousseau, *Œuvres complètes*, III, 207.

31. Monbart, *Lettres tahitiennes*, 38.

32. Le choix d'une retraite languedocienne a dérouté plus d'un critique, à l'instar de Gilbert Chinard qui imagine que « les deux Taïtiens retourneront dans leur pays » ou de Sonia Faessel qui s'étonne « que les deux Tahitiens ne songent pas à fuir cette civilisation corrompue en retournant dans leur chère patrie. » Gilbert Chinard, *L'Amérique et le rêve exotique* (Paris : Droz, 1934), 421. Sonia Faessel « L'Utilisation du mythe de Tahiti dans les *Lettres Tahitiennes* de Mme de Monbart (1786) », *Visions des îles : Tahiti et l'imaginaire européen. Du mythe à son exploitation littéraire (XVIIIe-XXe siècles)* (Paris : L'Harmattan, 2006), 155.

Le texte que nous reproduisons ici est celui de la première édition des *Lettres tahitiennes*, parue à Breslau en 1784 en un volume. Nous avons comparé cet exemplaire de référence à la deuxième édition publiée à Paris en deux volumes, vraisemblablement en 1786. Hormis la page de titre qui omet l'épigraphe de Rousseau et fait la publicité du roman comme « Suite aux Lettres Péruviennes, » le texte de la deuxième édition ne présente pas de variantes significatives. Nous avons de même consulté la troisième édition (Bruxelles, 1786). Nous avons modernisé l'orthographe et corrigé les coquilles et fautes d'impression du texte afin d'en faciliter la lecture au public du vingt-et-unième siècle. Les notes en bas de page sont celles de l'auteur.

LETTRES
TAHITIENNES,
PAR
MADAME DE MONBART.

Il est des impressions éternelles que le temps ni les soins n'effacent point.
J.J. Rousseau, dans la *Nouvelle Héloïse*[1]

AVERTISSEMENT.

CES *Lettres sont-elles originales ? les ai-je composées à plaisir ? Lecteur, que vous importe, si elles vous amusent : le héros n'est point un Être de raison, vous le verrez trop aux défauts qui ternissent son caractère. S'il y a plus de plaisir à prendre les hommes tels qu'ils devraient être, il y a plus d'utilité à les montrer tels qu'ils sont.*

Je ne dirai rien en faveur du style ; il serait peut-être aisé de demander grâce pour deux jeunes gens simples, qui ne doivent avoir eu d'autre maître que la nature, mais je m'en dispenserai pour plusieurs raisons : si le public accueille l'ouvrage, il sera jugé, et je n'apprendrai point sa décision sans intérêt.

INTRODUCTION.

L'île de Tahiti, à laquelle on avait donné le nom de nouvelle Cythère avant de savoir celui qu'elle reçoit de ses habitants,[2] est dans la mer du Sud et, quoique située entre les deux tropiques, un des plus doux climats de l'univers.

Des montagnes escarpées, couvertes jusqu'aux sommets d'arbres toujours verts, la défendent des brûlantes ardeurs du midi : des vents doux et frais qui y soufflent périodiquement conservent à la verdure cette nuance délicate qu'un soleil trop ardent ternirait : milles sources limpides, après avoir lentement serpenté pour fertiliser ces belles contrées, viennent se réunir en nappes de cristal dans l'intérieur de l'île ou retomber en colonnes argentées le long des rochers qui la bordent.

Des arbres de toute espèce, couverts d'une multitude d'oiseaux courbent mollement leurs branches enlacées pour embrasser de riantes cabanes qu'ils dérobent à la vue et rendent inaccessibles aux rayons du soleil.

Des hommes heureux habitent cette île fortunée : ils sacrifient au Dieu des plaisirs et leur innocence pare[3] son culte : l'amour est leur passion dominante, ou plutôt ils n'en connaissent point d'autre : tous les moments de leur vie lui sont consacrés, l'île entière est son temple, les gazons ses autels, et la bonne foi le garant de ses serments.[4]

Le Dieu qui leur donna la faculté d'aimer n'oublia pas pour eux le don plus difficile de plaire : la beauté sait à Tahiti donner des grâces à la parure et n'y défigure pas la beauté car elle est comme leur cœur, elle laisse deviner les charmes qu'elle enferme.

L'odieux préjugé n'a point d'accès dans cet heureux coin de la terre. Leurs lois simples sont gravées au fond de leur âme et leur code est la nature. Ils ne récompensent point la vertu parce qu'ils sont tous bons. S'ils punissent le vice *, c'est que les exemples en sont rares, et les frappent.

Aimant le repos sans être paresseux, ils goûtent lentement le plaisir d'être, dans les douceurs d'une vie tranquille mais non désoccupée et après en avoir joui sans chagrin, ils la quittent sans terreur et regardent la mort comme un doux sommeil.[5]

LETTRES
TAHITIENNES.

LETTRE PREMIÈRE.
ZULICA À ZEÏR.

QUE béni soit à jamais, mon cher Zeïr, l'honnête Français qui m'apprit l'art de fixer mes pensées, et de faire passer jusqu'à toi les mouvements de mon âme, que jamais le poison de l'indifférence ne glace dans ses bras la beauté qu'il aura choisie pour rendre hommage au bienfaisant Eatoua ** qui nous dispense la santé et les plaisirs, que jamais le travail ne fatigue son corps, et qu'un doux repos coule perpétuellement dans ses membres, et y entretienne le feu de la jeunesse.[6] Que serais-je devenue en ton absence, mon cher Zeïr, à

---

* *Les Tahitiens immolent les malfaiteurs à une divinité inférieure, c'est tirer un genre d'utilité d'une coutume atroce.*

** Nom d'un Dieu des Tahitiens.

qui dire mes regrets ? quand les plaisirs m'environnent, à qui confier mes peines ? Lumière de ma vie, il est donc bien vrai que l'on peut s'attacher à un être au point de devenir indifférent pour tous les autres ? Zeïr, mon cher Zeïr, ta tendre Zulica fait retentir de ses cris ce rivage où elle te vit s'éloigner d'elle, j'y cherche l'empreinte de tes pas, j'arrose de mes larmes l'endroit où tu me dis adieu. J'étends mes bras vers toi et, dans le transport qui m'agite, je voudrais franchir l'espace immense qui nous sépare. Est-il bien vrai que le nouveau pays que tu vas habiter est à plus de distance de nous que mon imagination ne peut en concevoir ? Quand je demande à quelques-uns de ces étrangers qui sont restés dans notre île si leur France est beaucoup plus éloignée de nous que l'île où se borne le terme de nos pêches, ils rient et paraissent étonnés de ma simplicité.

Qui pourra donc me donner une idée juste de l'éloignement où nous allons vivre ? Zeïr, on me promet de te faire parvenir mes lettres—éclaircis mes doutes, dis-moi, je le veux, quelle distance va nous séparer, ma pensée la franchira pour unir mon âme à la tienne. Ah Zeïr, pourquoi m'avoir quittée ? où trouveras-tu plus de plaisirs, des femmes plus tendres, un ciel plus pur ! Toutes nos belles Tahitiennes pleurent ton départ ; la douce Zaïra, la vive Dalila ont oublié le soin de leur parure, et ta tendre Zulica couchée sur des gazons fleuris n'entend plus qu'avec frémissement chanter l'Hymne sacré. *
Reviens Zeïr, s'il en est temps encore, abjure une vaine curiosité qui t'a séduit, que cherches-tu ? Le repos ? tu l'as quitté ; les plaisirs ? tu les fuis ; le bonheur ? tu le trouvais dans mes bras ! Vain espoir qui m'abuse, tu n'entends point mes gémissements, l'écho ne te porte plus mes soupirs, j'erre inutilement dans ces bois si souvent témoins de mon bonheur ! Pourquoi ces étrangers abordèrent-ils dans notre île ? Pourquoi les fîmes-nous participer à nos plaisirs ? Les cruels ! ils nous ont fait connaître la douleur pour prix de nos bienfaits ; injustes et avides, ils voudraient pour eux seuls un bonheur que nous leur permîmes imprudemment de partager ; ils ont porté le trouble dans ces paisibles contrées ; c'est eux, c'est leurs fatals conseils, qui t'arrachèrent à mon amour : ils allumèrent dans ton sein cette funeste curiosité qui t'entraîne loin de moi ; sans eux, mes jours paisibles auraient coulé dans les plaisirs jusqu'au moment où un doux sommeil aurait fermé mes paupières. Mon cœur n'eût connu que l'amour ; il

---

* Espèce de chanson que chantent les Tahitiens pendant l'union de deux Amants.

n'eût point éprouvé tous les mouvements qui l'agitent et auxquels il ne me serait pas possible de donner un nom.

Dis-moi Zeïr, d'où vient l'amour, ce sentiment si doux, si naturel ? ce présent sacré d'une divinité bienfaisante, est-il devenu pour moi un sentiment douloureux et pénible ? pourquoi cette flamme pure qui semblait le principe de ma vie quand je la puisais dans tes yeux n'est-elle plus qu'un feu dévorant qui me consume ?

Mes compagnes pleurent aussi ton absence, mais elles peuvent encore se livrer au plaisir,[7] elles te regrettent, mais elles sont encore heureuses ; * elles ne t'aimaient donc pas comme moi ? Ah ! si cela est, quelles femmes te chériront comme Zulica !

Mille idées confuses se développent dans ma tête ; je regrette mon ignorance au milieu de ce chaos, quand je ne savais que te plaire, et t'aimer ; j'étais bien plus heureuse ; j'admire cependant cet art ingénieux qui me donne la faculté de fixer mon âme sur ce papier, et d'offrir à tes regards toutes les sensations qui l'agitent. Si une fleur que tu m'avais cueillie m'était autrefois si chère, combien ces lignes que ma main a tracées ne te feront-elles pas délicieusement tressaillir.

Une seule chose m'afflige, c'est qu'en te peignant ma douleur, je crains de la faire passer dans ton âme. Zeïr, si je te rendais malheureux, si tu sentais ce que j'éprouve en t'écrivant, je serais cent fois plus infortunée.

Plus j'y songe, et plus je trouve que l'écriture ne peut avoir été inventée que par des amants malheureux. Que pouvaient s'écrire ceux que rien ne sépare, qui toujours ensemble n'ont besoin que de leurs yeux pour s'exprimer ce qu'ils sentent. Leurs cœurs s'entendent et se répondent même sans le secours de la parole, leurs jours heureux sont terminés par des nuits plus fortunées : tel fut longtemps, mon cher Zeïr, et ton sort et le mien. Va ! tous ces arts que nous avons tant admirés, ils n'ont été inventés que pour cacher, ou diminuer le malheur ; devions-nous jamais les connaître ? Imprudents ! nous avons cherché des remèdes à des maux que nous n'avions pas ! Reviens Zeïr, reviens, nous pourrons encore retrouver le bonheur, et nos peines s'effaceront comme un songe pénible que dissipe un réveil agréable.

---

* La pluralité des hommes et des femmes est également permise à Tahiti.

Lettre II.
Zulica à Zeïr.

Les jours passent et je ne te vois plus, ils reviennent et je ne t'ai point vu : il aurait fallu avoir une idée du tourment que j'endure pour le craindre. Qu'ai-je fait, qu'as-tu fais toi-même ? Comment supporterais-je la douleur qui m'accable ? Chaque instant semble l'accroître et emporter avec soi une partie de l'espoir qui me soutenait ; les plaisirs me sont odieux, ils me rappelleraient l'idée de mon bonheur ; où es-tu, que fais-tu ? Si je pouvais du moins me former une idée des lieux que tu habites, mon œil attentif t'y suivrait dans le détail de tes moindres occupations, mon âme comme un nuage léger errerait autour de toi et, semblable à la vapeur déliée de nos plus délicats parfums, elle pénétrerait jusqu'à la tienne, pour lui communiquer la tendre émotion qui l'agite.

Heureux Zeïr, ton imagination peut te transporter encore dans cette Terre délicieuse que tu n'aurais point dû quitter, tu peux nous suivre dans le cours de notre paisible vie, tandis que moi, malheureuse, je n'ai nulle consolation ; mon âme fatiguée a beau s'élancer vers toi, elle ne te voit jamais que dans des régions inconnues et ton image fuit devant elle comme ces objets qu'on aperçoit dans le lointain et qui s'éloignent ou disparaissent à mesure qu'on se croit plus près d'eux.

Il ne me reste que le triste plaisir de t'écrire, puissé-je ne l'avoir jamais connu, puissé-je n'avoir eu besoin que de mes yeux pour t'exprimer mon amour, et de mon cœur pour te le prouver ! Nous étions si heureux, Zeïr ! Que peut-on désirer après le bonheur ? Puisses-tu ne pas trop amèrement regretter celui que tu as perdu ! puissent les nouveaux objets qui vont frapper tes regards porter à ton cœur ces sensations délicieuses qui nous font bénir notre existence, que le souvenir de ta Zulica te soit agréable comme la douce odeur de nos prés au matin de l'année et que tout le bonheur qu'elle a perdu puisse être ajouté au tien.

Lettre III.
Zulica à Zeïr.

Que m'a-t-on dit, que viens-je d'apprendre ? Quoi, Zeïr, mes lettres ne te parviendront que quand tu seras au terme de ton voyage, que quand des espaces immenses nous sépareront, que quand peut-être il ne sera plus possible de nous réunir ? Cruels ! vous nous avez trompés, vous avez abusé de notre simplicité ; aurais-tu quitté Zulica si l'on t'avait dit qu'il fallait ne plus la revoir ? aurais-tu abandonné cette terre qui t'a vu naître, ce père vénérable qui prit soin de ton enfance, tes amis, tes compagnes ? Que de biens les barbares t'ont ravis, qui pourra jamais les remplacer dans ton cœur ! Ah ce n'est plus sur moi que je pleure, c'est sur toi, c'est sur ta credulité ; que vas-tu devenir quand tu apprendras ce fatal secret ? Cependant ces étrangers sont venus chez nous, le hasard ou la curiosité les y amena, l'amour serait-il moins ingénieux ? Pourquoi ne pourrais-tu pas ce qu'ils ont pu ? Peut-être n'ont-ils voulu que m'effrayer pour jouir de mon inquiétude. Ce n'est pas d'aujourd'hui que je m'aperçois que ce peuple léger peut se faire un jeu cruel des peines de ses semblables. Le croirais-tu Zeïr, ces Français si doux, ces Français auxquels nos plus belles Tahitiennes se sont empressées d'offrir le bonheur, par la plus noire des ingratitudes ont maltraité bassement ceux de nos compatriotes auxquels la beauté et la jeunesse donnaient le plus de droit à la concurrence ! Nos femmes épouvantées ont refusé à la violence ce que l'usage leur prescrit d'accorder à l'amour, alors ces fiers et jaloux étrangers, oubliant les droits sacrés de l'humanité, ont osé violer l'asile que nous leur avions accordé ; ils ont souillé de sang ces gazons consacrés aux plaisirs. Pour la première fois, l'horreur et la consternation se sont répandues dans notre île ; ni la jeunesse, ni la beauté n'ont été respectées ; la contrainte règne sur tous les visages, la désolation est au fond de nos cœurs. J'ai oublié ma propre douleur, je ne pense plus qu'à mes amis. Que feras tu, bon Zeïr, au milieu de ce peuple de méchants ? Oh reviens, franchis tous les obstacles, reviens ! mes larmes effaceront de ta vie tous les instants que tu auras passés loin de moi !

LETTRE IV.
ZULICA À ZEÏR.

Zeïr, mon cher Zeïr, mes larmes ne coulent plus, mon âme est flétrie ; l'horreur et l'effroi sont au fond de mon cœur. Écoute et frémis en voyant à quels hommes tu t'es livré.

J'étais hier sur le rivage, mes yeux fixés sur la mer suivaient aussi loin que ma vue pouvait porter la route que je vis prendre à ton vaisseau le jour où je reçus tes funestes adieux quand tout à coup je crois le voir encore dans le lointain, je tressaille, un frémissement universel circule dans mes veines, j'approche le plus près qu'il m'est possible et, prêtant une oreille attentive, je n'ose même respirer ; plusieurs coups de canon me confirment dans mon erreur, je jette les yeux sur l'endroit où se tiennent les Français, je vois avec surprise que leur vaisseau n'est plus à la même place, considérant alors plus attentivement l'endroit d'où part le bruit, j'aperçois le vaisseau français, j'en distingue un autre dont les couleurs me semblent différentes, la mer était calme, l'air serein me laissait voir le feu épouvantable du canon ; tous nos habitants accourent, les plus anciens délibèrent sur le parti qu'il faut prendre pour séparer les deux vaisseaux ; quand des cris horribles redoublent notre attention, à l'instant le vaisseau ennemi du français disparaît et s'engloutit dans les flots.[8] Nos plus vigoureux Tahitiens s'élancent dans la mer pour tâcher de secourir quelques-uns de ces malheureux, les autres se jettent dans des pirogues ; mais tous leurs efforts ont été inutiles, ils n'ont pu sauver que douze hommes de près de deux cents qui composaient l'équipage. Ces étrangers se nomment *Anglais*, ils parlent une autre langue, mais leur chef entend la française, et je lui sers d'interprète ; il paraît reconnaissant de mes soins et au milieu de la douleur qui m'accable je ne suis pas insensible au bonheur d'être utile à un infortuné. La plupart des Français sont morts, ou mourants, nous avons oublié leurs insultes depuis leur malheur, tous nos compatriotes s'empressent à leur procurer les soulagements qu'ils désirent ; mais malgré nos soins et ceux de quelques hommes vraiment merveilleux qu'ils nomment *Chirurgiens*, il en meurt tous les jours quelques-uns.

Mon âme, chez Zeïr, n'avait point d'idée de tant d'horreur, dirais-tu que c'est de sang froid que ces malheureux se sont assassinés ! Ils ne se haïssaient point, c'est pour plaire à leurs maîtres réciproques qui sont brouillés, qu'ils s'égorgaient à deux mille lieues d'eux. Aujourd'hui ils se témoignent de la bienveillance, de la pitié, ils sont touchés des maux mutuels qu'ils se sont faits ; c'était par *convention*, par *devoir* qu'ils se battaient. J'ai voulu me faire expliquer quelques-uns de ces termes, mon esprit s'y perd, mon cœur se refuse à la persuasion, et tout mon être répugne à l'idée de détruire tranquillement son semblable.

Fuis ces hommes dangereux qui érigent les crimes en vertus, renonce à leurs sciences destructives, à leurs inventions dangereuses. Reviens construire de riantes cabanes à ta Zulica, tandis que sa main teindra l'étoffe *) dont tu te pares, de ces belles couleurs que le soleil laisse après lui, et dont il nous offre l'image ; rappelle-toi ces jours heureux où ces douces occupations nous délassaient du repos, regrette-les quelques fois, — — mais non, songe plutôt que tu pourras les voir renaître, les regrets flétriraient ton âme, ils te rendraient malheureux, ah ! j'en serais plus misérable !

Lettre V.
Zeïr à Zulica.

Que le divin Eatoua verse sur toi ses plus doux présents ; ma Zulica, que ton teint conserve toujours la fraîcheur d'un beau matin ; et que ta bouche vermeille ne s'ouvre que pour chanter l'hymne d'amour. C'est en arrivant que je m'empresse de t'écrire, et de saluer cette terre qui m'a vu naître et qui renferme aujourd'hui tout ce qui m'est cher.

Te le dirais-je, ma Zulica, soit prévention pour ma patrie, soit regret de t'avoir quittée, l'air me semble ici moins pur que dans nos climats, j'y respire plus difficilement, mon cœur oppressé a peine à retenir les soupirs qui s'échapent de ma poitrine ; je ne suis que depuis deux heures dans cette ville ** et le bruit qu'on y entend m'étourdit et me fatigue ; au moment où je t'écris, une impatience involontaire me fait maudire le vacarme qui m'empêche de me recueillir, et de rentrer au fond de mon âme pour te la montrer toute entière. Cependant je remarque dans les Français un air empressé qui me flatte en m'embarassant, je ne sais si c'est à la considération que l'on a pour notre chef ou à ma qualité d'étranger que je dois ces obligeantes attentions mais, quoi qu'il en soit, j'y suis sensible, malgré ce ton bruyant auquel je m'accoutumerai sans doute. Cette bonne nation me plaît et m'intéresse.

Je veux étudier les mœurs et m'y conformer, car je me souviens que lorsque j'étais encore à Tahiti, le mépris que quelques Français ont montré pour nos respectables coutumes m'avait déplu, je t'avouerai cependant une chose qui me fâche sans que je sache trop pourquoi, c'est l'air curieux avec lequel on examine ici ma mine et mes habits[9] ; il me semble qu'on devrait faire peu d'attention à l'écorce d'un arbre, mais plutôt considérer si son abri peut nous être utile ou agréable.

---

* Les Tahitiens ont l'invention de la plus belle couleur de pourpre.

** Marseille.

Je veux soigneusement m'informer de tous les usages du pays pour n'en blesser aucun et ne pas tomber dans la faute que j'ai blâmée ; la connaissance de la langue me sera pour cela d'un grand secours, je ne saurais surtout trop bénir l'invention de cet art qui à des milliers de lieues de toi me donne la faculté de t'exprimer mes pensées ; l'on dit qu'il arrive bientôt un vaisseau, sans doute que tu m'auras écrit. Adieu chère Zulica, puissent le plaisir et la paix entretenir longtemps sur tes joues les brillantes roses de la jeunesse et puissé-je te voir encore à mon retour la plus belle de toutes les Tahitiennes, comme tu en seras toujours la plus aimée.

Lettre VI.
Zeïr à Zulica.

Ta douleur, ô la plus belle des femmes, a passé dans mon âme, je viens de les recevoir ces caractères chéris que tu as trempés de tes larmes, je les ai posés sur mon cœur et les yeux tournés vers la terre que tu habites, j'ai prié l'Être bienfaisant que nous servons de rendre la paix à ton tendre cœur.

Jamais, non jamais je ne t'eusse quittée si j'avais pu prévoir que mon absence te coûterait tant de larmes, je me repens de mon imprudence ; je déteste une vaine curiosité. Zulica, ma tendre Zulica, au nom de l'amour qui gémit au fond de mon sein, modère ta douleur, tu reverras Zeïr -- -- qui pourrait m'arrêter, ne suis-je pas libre ? ne crains rien de l'espace qui nous sépare, je saurai le franchir pour te revoir. Mais, ciel, que m'apprends-tu de ces Français que je croyais si doux, cacheraient-ils la noirceur et la barbarie sous des dehors charmants ? ils ont pu verser le sang de leurs semblables et profaner par le meurtre ces lieux consacrés à l'amour ! Je commence à me repentir de ma témérité et tous les jours j'ai lieu de juger par ma propre expérience que ce peuple n'est pas ce qu'il m'avait paru d'abord ; je m'y perds quand je le vois dans le même instant passer de la douceur à la cruauté, ne serait-ce pas que le Français est trop léger pour garder une impression durable ? Le caractère de ces hommes indéfinissables me paraît ressembler à ces monceaux de sable qu'on trouve au bord de la mer et auxquels nous voyons prendre les formes les plus bizarres suivant les différents vents qui les agitent.

Je n'ose encore porter de jugement sur rien, je crains d'être injuste, cependant la scène que tu me racontes m'a fait frémir d'horreur : je me représente nos campagnes rougies de sang, nos compatriotes égorgés et leurs jeunes amantes fuyant la fureur effrenée de leurs meurtriers, que faisais-tu alors douce Zulica ? es-tu devenue la proie de quelques-uns de ces lâches assassins, ont-ils osé porter leurs sanglantes mains sur tes innocents appâts, aurais-tu été forcée d'accorder à la violence ce qui ne doit être que le prix du pur amour ? Comment la terre ne s'est-elle pas entrouverte sous les pieds de vos persécuteurs, innocentes victimes ; comment vos pleurs n'ont-ils pas désarmé les barbares ? ils ont donc osé violer les droits sacrés de l'hospitalité et arracher à main armée des faveurs que la beauté leur offrait.

Nous partons dans un mois pour Paris. C'est la ville principale du Royaume ; l'on m'en raconte des merveilles, malgré cela je quitte celle-ci à regret par la commodité que j'ai de t'écrire journellement, je sais que tu n'en reçois pas mes lettres plus tôt, que peut-être elles ne te parviendront que toutes à la fois ; mais je t'écris, ce plaisir trompe ma douleur, il me fait oublier pour quelques instants que je suis loin de toi et lorsque je m'en souviens, je considère sinon sans chagrin, du moins sans désespoir, l'espace immense qui nous sépare, que sont les obstacles à qui a du courage ?

Je veux lier quelques connaissances avant de quitter Marseille et je te dirai mes remarques sur la nation. Je ne te parlerai guère de la beauté, de l'étendue et de la commodité des bâtiments que cependant je trouve admirables en les comparant aux nôtres mais c'est que je suis persuadé qu'il entre une raison de nécessité dans le soin que les Français ont pris pour perfectionner ces arts. Quelle apparence s'ils avaient un ciel aussi pur que le nôtre et une pareille égalité de saisons, qu'ils préférassent leurs palais dorés qui bornent leur vue et les emprisonnent à ces riantes cabanes d'où nous pouvons découvrir le soleil dans toute sa pompe, sans être incommodés de ses rayons ? La meilleure preuve que je ne me trompe pas dans mes conjectures, c'est qu'ils cherchent à imiter à force d'art les beautés que la nature nous prodigue.

Les broderies, les peintures dont ils décorent leurs appartements représentent toujours ou l'émail des fleurs ou le vert des prairies, ou les différentes nuances du ciel : se procureraient-ils avec tant de peines ce qu'ils pourraient avoir si facilement ?

Eh bien, le croiras-tu, chère Zulica, ces beautés factices me séduisent malgré moi, j'admire l'industrie de ce peuple ingénieux, et je suis souvent tenté de me prosterner devant des hommes qui ne sont que mes semblables mais dont le savoir prodigieux m'altère.

Du reste, je trouve beaucoup d'analogie entre leurs mœurs et les nôtres, tout respire ici le plaisir, les campagnes sont riantes et je les vois couvertes d'une multitude de gens qui les rendent presque aussi bruyantes que les villes. Nous sommes dans le temps de la récolte, chacun recueille à présent ce qui doit servir à sa subsistance toute l'année, c'est à peu près comme chez nous ; mais ce qui m'étonne c'est qu'il n'y a qu'une partie de la nation qui soit chargée de ces fonctions utiles. J'apprends tous les jours quelque chose, mais je suis si peu au fait des usages que je ne peux encore me rendre compte à moi-même de ce nouveau tourbillon d'idées qui se succèdent dans ma tête.

Je crois que la vie unie et paisible que nous menons à Tahiti dès l'enfance influe sur nos âmes comme sur nos corps : car de même que le Français est plus délié et plus agile que nous dans ses mouvements, de même son esprit reçoit plus vite les sensations et compare plus rapidement les idées qu'elles font naître.[10]

La langue de ce pays, bien plus étendue que la nôtre, prouve ce que j'avance, ce ne peut être que la nécessité d'expliquer plus d'idées, qui leur ait fait inventer plus de mots ; cependant ils ont une espèce de jargon dans la même langue, qui paraît à l'usage des gens de distinction, que je trouve vide de sens ; peut-être est-ce faute de le comprendre, je ne sais si c'est encore prévention, mais notre langue me paraît et plus douce, et plus expressive : il m'est plus agréable de te dire, que je t'aime, dans cette langue si molle, dont tous les sons sont aussi doux, que les sentiments qu'elle exprime ; il me semble que nous avons cessé de nous entendre, depuis que nous parlons un langage étranger ; néanmoins cultive la langue des Français, aime-la, ma Zulica, puisque c'est à elle que nous devons le bonheur de nous entretenir et crois que dans quelque idiome que tu t'exprimes, mon cœur répondra toujours au tien.

LETTRE VII.
ZEÏR À ZULICA.

En vérité, ma Zulica, les femmes sont ici charmantes, tout me confirmerait dans l'idée que les Françaises ont le même culte que vous si leurs manières bizarres et contradictoires ne faisaient à chaque instant naître de nouveaux doutes dans mon esprit.

Avec les grâces prévenantes des Tahitiennes, leurs agaceries, ces coups d'œils enflammés qui sont chez nous le signal du bonheur, les

Françaises ont la manie singulière de défendre ce qu'elles viennent de nous offrir ; avec une fierté qui m'a glacé de crainte au premier hommage que j'ai voulu rendre à une de ces enchanteresses.

Ce n'est, m'a-t-elle dit, qu'à ma qualité d'étranger et à l'ignorance où je suis des mœurs du pays qu'elle a pardonné ma témérité. Conçois-tu qu'une femme s'irrite de ce que je la trouve belle ? Il est vrai que tant que je me suis contenté de louer ses charmes, elle a paru sensible à mes éloges ; elle m'écoutait avec complaisance et souriait finement à quelques-unes de mes expressions, ses beaux yeux fixés sur les miens étaient pleins de cette douce langueur que je vis si souvent dans les tiens, et que tu m'appris à préférer aux regards expressifs de la vive Dalila. Quelquefois elle les baissait comme s'ils eussent été fatigués par le poids du plaisir. Accoutumé à prolonger ces instants délicieux, mes yeux parcouraient lentement ses charmes quand à la fin étonné de sa tranquillité, je voulus la serrer dans mes bras et chercher sur ses lèvres cette âme que je voyais peinte dans ses yeux. Juge de mon étonnement quand je vis la frayeur succéder à l'amour. Julie, c'est le nom de cette jolie Française, me repoussant avec force, m'ordonna de la laisser d'un ton qui m'anéantit ; craignant de lui avoir déplu par trop de lenteur à lui prouver mon amour, j'allais me justifier quand prenant un visage plus sévère, elle me dit d'un air de mépris que je ne vis jamais sur le visage d'aucune femme : C'est donc là ces mœurs simples que l'on m'avait vantées et ce cœur honnête dont j'avais cru voir l'expression sur une figure trop aimable pour devoir être celle d'un vil suborneur : jeune et sans expérience, j'ai cru avoir trouvé en vous l'amant qu'il fallait à mon cœur, séduite par l'expression de vos regards je vous ai cru une âme, je vois que les Tahitiens ressemblent à tous les hommes et qu'ils n'ont que des sens ; allez, Zeïr, chercher des femmes plus faciles, et ne m'entretenez jamais d'une passion que je déteste puisqu'elle a pu vous dicter un crime et vous porter à me faire le plus sanglant affront.

Interdit et confus, je ne savais que repondre. Comment me justifier d'une faute que je ne concevais pas et qu'elle m'avait, pour ainsi dire, forcé à commettre ? Piqué, d'ailleurs, de l'air et des paroles dures dont elle avait accompagné ces reproches, je sentis éteindre dans un instant ces vifs transports que ses yeux venaient d'allumer en moi, rassurez vous, lui dis-je à mon tour avec toute la froideur dont peut être capable un Tahitien méprisé, je me suis sans doute trompé au langage de vos yeux ; si j'avais cru que ma personne vous fût odieuse, quelque belle que vous m'ayez parue, je ne me serais exposé à un refus humiliant : les usages de mon pays qui vous paraissaient si ridicules m'ont appris que le plus *sanglant affront* que puisse recevoir une femme, c'est de rencontrer de la froideur dans l'homme qu'elle a choisi pour le combler de ses bontés ; nos femmes n'en connaissent point d'autre : tendres, et formées pour le plaisir, elles choisissent librement l'amant qui leur plaît et, quand leurs yeux l'ont nommé, il ne craint plus de se méprendre ou de leur déplaire par un excès d'amour.

Qui vous dit, me répliqua Julie d'un ton radouci, que votre amour m'offense ? Ce sont seulement vos étranges manières qui m'ont choquée ; jurez-moi de ne plus me manquer et vous oublier à ce point, ajouta-t-elle en me tendant la main.

Julie me regardait alors de manière à me faire retomber dans la faute que je venais de commettre ; mais mon amour propre cruellement blessé de ses premiers refus l'emporta, je ne répondis rien ; voyant que je ne m'avançais pas même pour prendre la jolie main qu'elle m'offrait, elle la retira en rougissant, puis, éloignant son siège d'un air de dépit, en vérité, me dit-elle avec un sourire forcé, les hommes de votre pays sont d'étranges créatures, il fallait bien que je fusse folle quand j'ai osé me livrer au sentiment que vous m'inspiriez.

Ces mots étaient clairs, ils firent évanouir mes résolutions dans un instant, je me précipitai à ses genoux et, saisissant une de ses mains que je baisais avec ardeur, pourquoi donc, lui dis-je, belle Julie, si je ne vous suis pas odieux, m'avoir repoussé avec tant d'horreur ? Pourquoi ? Mais en vérité la question est bonne, me dit-elle, est-il possible que vous soyez si peu au fait de nos mœurs pour ne pas savoir que vous m'offensiez, et que vous m'offensez encore par la posture dans laquelle vous vous tenez devant moi ? Que penserait-on si l'on vous trouvait à mes genoux ?

L'on penserait que je vous adore, lui répondis-je avec véhémence, que je rends hommage à l'ouvrage le plus parfait qui soit sorti des mains de la divinité, et, si nous étions à Tahiti, et que vous m'aimassiez comme vous le dites, toute la nature prendrait part au bonheur de deux amants ; le Dieu que nous y servons recevrait l'hommage de nos plaisirs comme l'offrande la plus agréable que puissent lui offrir des créatures qu'il aime et auxquelles il ne communiqua une étincelle de sa divinité que pour leur donner la faculté de goûter des plaisirs célestes.

Je remarquai alors avec quelque surprise que Julie voulait me cacher l'émotion que lui causait mon discours ; levez-vous Zeïr, me dit-elle d'une voix altérée, vos usages sont si différents des nôtres que je vous pardonne une conduite que vos principes justifient ; mais si vous m'aimez véritablement, il faut me promettre de renoncer pour jamais à des manières qui me révoltent et prendre ma façon d'aimer ; j'y consens, lui dis-je, si elle est plus propre à vous exprimer ce que vous m'inspirez.

Julie dans cet instant, entendant monter sa mère, n'eut que le temps de reprendre un ouvrage qu'elle avait quitté et de me défendre de dire un mot de ce qui venait de se passer entre nous, si je ne voulais l'exposer aux plus grands malheurs, et moi à celui de ne plus la revoir. Je promis de me conformer à ces ordres et Madame de St. Val entra conduite par le Comte de Brunoi, notre aimable Chef.

Bonjour Zeïr, me dit la mère de Julie, quoi, tête-à-tête avec ma fille ? Que lui disiez-vous donc ? Et, tout de suite, sans entendre ma réponse, en vérité Comte, dit-elle à Mr. de Brunoi, qui m'avait déjà embrassé avec bonté : je lui trouve un air tout à fait français, c'eût été bien dommage qu'il fût resté à Tahiti, vous devriez me le laisser pendant le petit voyage que vous allez faire à Paris, je le mènerais à la campagne, et à votre retour il serait plus en état d'être présenté.

Je le veux bien Madame, dit le Comte, si Zeïr y consent. Je ne repondais rien, tant je craignais de blesser encore quelque usage et tremblant à chaque instant davantage de m'exprimer dans une langue où je m'aperçois qu'il ne faut pas dire tout ce qu'on pense.

Voyant que j'hésitais, Madame de St. Val me dit en me frappant doucement sur l'épaule : eh bien, mon fils, ne voulez-vous pas passer quelques mois avec nous, et nous faire le sacrifice de l'aimable société du Comte ?—Madame, lui répondis-je : je me suis accoutumé depuis longtemps à vivre avec Monsieur, comme je vivais à Tahiti avec un bon père que j'aime tendrement et dont la présence était aussi agréable à mon cœur que l'est à la terre celle du soleil après un épais brouillard ; mais j'ai quelquefois quitté ce père chéri, pour jouir de la société d'une maîtresse aimable. En disant ceci, mes yeux se tournaient sur la belle Julie, et il me semblait alors, ajoutai-je, que j'avais autant de joie qu'une plante desséchée par les ardeurs du midi doit en ressentir aux premières gouttes d'une fraîche rosée qui vient humecter son sein. J'entends votre réponse, mon cher Zeïr, me dit le Comte avec un sourire affectueux, demeurez, je vous reverrai bientôt, et j'espère que dans quelques mois d'ici vous pourrez me suivre dans la capitale.

Comme il vint des visites, la conversation en demeura là. Je te rendrai compte de tout ce qui m'arrivera de nouveau, ma chère

Zulica, car je sais que le tendre intérêt que tu prends à moi te fera partager mes peines, ou mes plaisirs ; puissé-je trouver dans Julie un cœur qui ressemble au tien et puisses-tu choisir dans mon absence un ami aussi tendre que je le suis pour toi.

LETTRE VIII.
ZEÏR À ZULICA.

L'étrange chose, ma Zulica, que les femmes de ce pays, les mœurs des habitants, leurs coutumes et le genre de leur bonheur. Je crois qu'un génie malfaisant souffle ici les maux, la contradiction et la discorde sur tout ce qui respire ; je me croirais transporté à *Enoua-motou* * si ce n'était la prodigieuse distance où je suis de Tahiti, je ne me reconnais plus au milieu de l'inquiétude étrangère qui m'agite.

Ces désirs, autrefois la source de mon bonheur, me consument aujourd'hui sans s'éteindre, un feu sourd circule dans mes veines et fait bouillonner mon sang, chaque femme que je vois se fait un jeu cruel d'allumer en moi des transports qu'elle rebute ; la bizarre Julie évite de me voir seul et m'a défendu de lui parler de mon amour devant qui que ce soit. Sa mère m'observe et me boude si je me place auprès de la fille plus volontiers, ou que je lui donne la main de préférence à la promenade ; elle dit que je manque à ce que je lui dois et aux égards qu'on nomme ici *la politesse* ; le Comte de Brunoi est parti, je n'ai personne à qui confier mes peines ou qui puisse m'instruire des singuliers usages de ce peuple bizarre. Madame de St. Val s'amuse quelquefois de mon embarras et je m'aperçois que mon air étranger divertit tous ceux qui m'observent. L'on rit en m'examinant ; mais ce rire n'est point de bienveillance, il est de moquerie. Ces remarques m'affligent, elles m'humilient. ** Ce peuple vain me fait un crime de n'être pas né Français, ne sait-il donc pas que tout ce qui est nouveau nous paraît singulier, sans que le ridicule subsiste ailleurs que dans nos yeux ? L'on dit que le frère de Julie arrive bientôt. L'on assure que c'est un jeune homme aimable et sensé ; je ne sais encore trop quel sens on attache à ce mot ; mais il m'a paru un éloge.

Si le jeune St. Val est tel que l'on me l'a dépeint, je veux en faire mon ami et le consulter sur mille choses qui m'inquiètent : je lui dirai mon

---

* Île deserte que les Tahitiens regardent comme le lieu de leur enfer.

** Il n'est point de pays où l'on pardonne moins l'air étranger qu'en France.

goût pour sa sœur, la bizarrerie de sa conduite, la mauvaise humeur de sa mère quand je montre trop d'empressement pour Julie, en un mot, je l'attends avec autant d'impatience que j'en avais de te revoir lorsqu'après une courte absence je te préparais une nouvelle cabane avec des branches fraîchement coupées et que je t'y arrangeais un trône de gazon, parsemé de ces fleurs odoriférantes que je cultivais pour toi seule. Doux souvenirs de mon bonheur vous faites encore tressaillir délicieusement mon âme ; non tous les raffinements du luxe, ces lits en broderie, ces appartements tapissés des plus riches étoffes, ne me feront point éprouver une sensation si voluptueuse qu'une prairie émaillée de fleurs nouvellement écloses et couronnée par ces bosquets que la nature se plut à semer dans notre île fortunée pour servir d'asile à d'heureux amants.

O douces mœurs de mon pays, aimable ingénuité de mes belles Compagnes, que je regrette les plaisirs purs et faciles que vous m'offriez, et que mon imprudence m'a fait perdre !

Nous allons dans quelques jours à la campagne, Julie m'a dit à la dérobée que nous y serions plus libres et moins observés ; mais à quoi nous servira cette liberté si elle se croit obligée de s'imposer à elle même la plus austère contrainte ?

Son frère sera du voyage, on l'attend sous peu de jours, peut-être qu'alors je serai plus tranquille. Le Comte de Brunoi en partant m'a vivement recommandé à Madame de St. Val, il m'a laissé une bonne quantité de ce métal que tu connais sans lequel on ne fait rien en France : l'on s'en sert pour échanger les choses utiles à sa vie et généralement pour se procurer tout ce qui est nécessaire ou agréable.

Je ne conçois pas bien que l'on donne quelque chose de vraiment utile pour un morceau d'or qui ne peut servir ni à se vêtir ni à se nourrir, l'on m'a dit que c'était pour faciliter les échanges et que cela revenait parfaitement au même, cependant ce métal que la France ne produit pas peut s'épuiser, il n'en est pas de même des fruits de la terre que l'activité des habitants pourraient multiplier, surtout s'il est vrai comme on l'assure qu'une grande partie du pays est inculte.[11]

J'écoute beaucoup et ne comprends pas grand-chose, bien des Français m'ont paru dans le même cas et cela me console.

Il y a ici une autre sorte de commerce reservé pour ceux qui n'ont ni or, ni terre ; car il y a des malheureux auxquels l'Etat n'a rien donné pour vivre, ceux-là se vendent et pour telle ou telle quantité de ce précieux métal, ils se donnent à un de leurs semblables qui acquiert le droit de les employer aux travaux les plus pénibles.

Il y a un troisième usage qui me paraît plus naturel ; c'est que l'homme le plus industrieux vend à son voisin paresseux l'art d'embellir sa maison ou sa personne d'une foule d'ornements ou de commodités auxquelles l'œil s'accoutume insensiblement, qui sans être peut-être plus agréables que notre simplicité, deviennent peu à peu aussi nécessaires par l'habitude que nos besoins les plus réels.

Il me tarde plus que je ne peux te le dire de causer avec quelqu'un qui puisse et me comprendre et me répondre ; car jusqu'ici, soit défaut de m'exprimer, soit ignorance de ceux que je consulte, la plupart des gens auxquels je m'adresse ou me répondent des choses qu'ils n'entendent point eux-mêmes, et auxquelles malgré toute mon attention il m'est impossible de trouver un sens, ou m'avouent franchement qu'ils n'ont jamais réfléchi sur les questions que je leur propose.

Les femmes surtout, autant que j'ai pu le remarquer, ne savent parler que d'une chose, ôtez-les de ce sujet, elles sont sur tout le reste d'une ignorance que je ne puis accorder avec l'activité de leur imagination ; et malgré cela, l'amour, ce sujet favori de toutes leurs conversations, paraît être bien plus dans leurs têtes que dans leurs cœurs. Car enfin, si elles étaient aussi tendres que nos Tahitiennes, pourquoi mettraient-elles tous leurs soins à désoler les hommes qui les entourent ?

Je me perds au milieu de tant de contradictions ; mais je ne puis cesser de croire qu'elles ont tacitement le même culte que vous, je me le persuade d'autant plus aisément que cette Julie si réservée quand on nous observe est bien plus tendre quand j'ai le bonheur de la rencontrer seule.

Chaque femme parle ici de l'amour avec un feu, un enthousiasme propre à l'exciter dans l'âme la plus froide, et, par un caprice que je ne puis concevoir, elles se défendent toutes de connaître ce sentiment dont elles commentent si bien les effets.

Avec toutes ces singularités elles sont adorables, c'est un mélange de langueur dans leurs regards et de vivacité dans leurs actions, des manières si obligeantes, une politesse si affectueuse, une gaieté si séduisante, que l'on est à chaque instant tenté de leur dérober un de ces baisers que leurs yeux semblent demander au moment où leur bouche les refuse.

Depuis la leçon de Julie et la retenue que je vois aux autres hommes, je suis devenu plus reservé, j'observe avec attention, persuadé que ce beau pays ne peut pas être privé des douceurs de l'amour, pourraient-ils ignorer ce bien suprême ? Non ma Zulica n'en doutons point, s'ils ne rendent pas au grand *Eatoua* le même hommage que nous, il ne doit différer que dans la manière.

Lettre IX.
Zeïr à Zulica.

Il est arrivé cet aimable Français, le frère de ma chère Julie, je l'ai vu se livrer sans contrainte aux doux mouvements de son cœur, qu'elle était belle dans cet instant ! elle a serré dans ses bras cet heureux frère et, pour la première fois de mes jours, j'ai senti un mouvement d'envie à la vue du bonheur d'un autre ; je te fais cet aveu dans la honte de mon cœur, Zulica, j'ai rougi de cette bassesse et j'ai fait la résolution de fuir plutôt cette dangereuse fille que de lui donner le pouvoir de me rendre méchant.

J'ai eu bientôt reconnu mon injustice et pour la réparer, j'ai fait au jeune St. Val toutes les amitiés dont j'ai pu m'aviser, sa mère, qui m'a presenté à lui, lui a tant fait mon éloge qu'il a répondu à mes caresses avec une franchise et une cordialité que je n'ai encore vues à aucun de ses compatriotes. Dès la première soirée nous nous sommes trouvés ensemble comme si nous y avions toujours été et, pour la première fois depuis que je suis en France, je me suis senti délivré de cette gêne inséparable de la crainte d'avoir mal fait.

M. de S. Val est âgé d'environ vingt-six ans, d'une figure intéressante et de la gaieté la plus aimable ; mais cette gaieté paraît être l'expression d'une âme paisible et satisfaite, au lieu que celle de la plupart de ses compatriotes ressemble aux mouvements tumultueux d'une âme mécontente d'elle, qui cherche à s'étourdir ou qui veut en imposer aux autres.

Nous partons enfin dans deux jours pour la campagne, je m'en réjouis pour plus d'une raison, il me semble que ces idées que j'ai tant de peine à placer dans ma tête, s'évaporent au milieu de ces *grands Cercles*, dans lesquels je ne trouve personne à qui les communiquer.

Je n'ai encore vu presqu'aucune des choses que les étrangers s'empressent, dit-on, le plus à visiter ; ce sont des hommes que je veux voir et je trouve qu'il faudrait être insensé pour être venu de si loin considérer des pierres posées de telle façon ou des arbres rangés de telle maniere.

Un coup d'œil donné en passant sur ces objets a suffi pour me convaincre que nous sommes à une prodigieuse distance de l'industrie française.

Je ne sais trop encore si les soins qu'il a dû en coûter pour porter ces différents arts à ce degré de perfection sont préférables à la vie tranquille que nous ont transmise nos aïeux ; mais il est vrai que je me sens humilié de notre ignorance et il s'en faut peu qu'au prix du plus pénible travail, je ne désire d'acquérir ces talents qui m'attirent.

Ah Zulica, Zulica, pourquoi ai-je quitté nos fortunées contrées, où l'on ne connaît ni l'envie, ni la honte ? je me reproche le premier sentiment, et le second pèse à mon cœur. La nature m'avait accordé ses vrais dons ; tu m'en donnais le prix, qu'avais-je encore à désirer ?

Lettre X.
Zeïr à Zulica.

Malgré mon empressement à questionner M. de St. Val sur mille choses, il faut attendre que ses anciens amis lui laissent le temps de s'occuper d'un nouveau.

Depuis vingt-quatre heures qu'il est ici, il n'a pas eu deux minutes à lui, il est pressé, poussé, porté par la foule de ses connaissances ; chacun lui parle à la fois, le questionne en même temps, lui proteste qu'il est son ami, du ton le plus propre à dire une chose qu'on ne voudrait pas persuader ; enfin il est si visité, si fêté, si caressé, qu'à peine a-t-il le loisir de dire un mot obligeant à chacun.

Malgré ce bruyant[12] qui m'étourdit, j'aime l'air caressant de cette aimable nation ; en vérité quand il n'y aurait de vrai que la moitié des protestations qu'on a coutume de se faire réciproquement ici, l'on aurait encore lieu d'en être content.

Dans le nombre des amis de St. Val, il y en avait qui m'avaient déplu par leur extrême vivacité, aujourd'hui je leur pardonne tout en faveur de l'empressement qu'ils montrent à cet aimable jeune homme ; mais j'aime encore mieux l'air affectueux avec lequel il se prête à leurs caresses.

La sensibilité qui éclate dans leurs démonstrations paraît être concentrée dans son âme, et on l'y cherche avec plaisir. Sa mère seule paraît le voir avec une indifférence qui m'a choqué ; lui adresse-t-il la parole, c'est avec un respect qui tient de la contrainte et me met moi-même à la gêne. Si elle lui parle, ce n'est qu'avec distraction et comme par hasard.

Elle est encore plus froide pour sa fille et l'on jugerait à l'observer qu'elle est fâchée d'avoir des enfants si aimables. Qu'est-ce que le contraste qui règne ici dans les caractères ? Me faudra-t-il faire une étude particulière de tous ceux avec qui je vivrai ? Cette Mde. de St. Val si obligeante, si tendre même, pour moi est d'une froideur inconcevable pour des enfants charmants ! Julie que j'aime tant, cette Julie qu'après ma Zulica je trouve ce qu'il y a de plus parfait au monde, n'a de même qu'un genre de sensibilité qui me déplaît, toutes ses affections paraissent être uniquement placées dans sa tête.

Sa brillante jeunesse, la vivacité de ses yeux, le coloris de son teint, porte bien le feu dans mes sens ; mais mon âme n'est point délicieusement émue comme lorsque le son de ta douce voix vient frapper mon oreille, je n'éprouve point auprès d'elle ce calme heureux que m'inspire ta présence, au contraire une inquiétude étrangère m'agite, je me sens oppressé, je respire avec peine — bientôt une partie de ces maux vont cesser, bientôt, du moins je l'espère, la douce amitié me consolera des peines de l'amour.

Ô toi que j'offense peut-être par mes plaintes, Dieu des plaisirs, divinité de mes ancêtres, dis-moi par quel crime j'ai mérité ta colère ? Ne règnerais-tu point sur ces climats malheureux et seraient-ils privés des biens que tu prodigues à tes enfants ?

Lettre XI.
Zeïr à Zulica.

Non ma Zulica, non je ne m'étais pas trompé, les Français rendent hommage ainsi que nous au Dieu des plaisirs, ces alcôves solitaires, ces voluptueux réduits, qui en se dérobant aux yeux semblent vous offrir une retraite sûre, et tranquille, ce sont autant de temples consacrés à ses mystères. Tout parle ici de l'amour. Ces peintures que j'admirais hier avec des regards stupides, aujourd'hui ont pris de la vie, et du mouvement à mes yeux ; ce sont autant de trophées élevés au tendre amour. St. Val en m'en expliquant les sujets, souriait de la joie que je témoignais à chaque nouvelle découverte qui paraissait rapprocher les mœurs françaises des nôtres.

Après qu'il eut contenté ma curiosité sur bien des sujets, apprenez-moi donc, lui dis-je, pourquoi les femmes s'offensent ici de ce qui les honore le plus à Tahiti ? Elles ne s'en offensent point, Zeïr, me répondit-il, mais elles sont forcées de le feindre pour éviter le mépris que l'opinion publique imprime sur celles qui sont trop faciles à nous accorder ce que nous désirons le plus ; c'est un raffinement de volupté plus que de tyrannie, qui tourne au profit des deux sexes : croyez-moi, Zeïr, cet obstacle loin d'en être un à notre bonheur l'anime et le fixe, votre facile félicité ne vaut point ce passage continuel de la crainte à l'espérance et de l'espérance au bonheur.

J'admire la simplicité de vos mœurs, je les crois propres, à entretenir cette douce égalité d'âme qui serait le bonheur si l'homme pouvait être content de son sort ; mais cette inquiétude qui lui est naturelle prouve que son cœur veut être remué, et que les passions lui sont nécessaires.[13]

Ce sont elles qui diversement excitées produisent chez nous ces vertus que vous admirez et ces talents qui vous étonnent, elle seules peuvent nous élever au dessus de nous-mêmes.

Le premier état de l'homme est l'ignorance et la stupidité, dans cet état semblable aux brutes, il ne connaît que les plus urgents besoins de la nature, et ces besoins satisfaits il n'a plus ni peines ni plaisirs.

Le second degré des connaissances humaines est celui où vous êtes parvenus ; quelques passions douces occupent votre vie, le repos la remplit, et vos jours sont plutôt exempts de peines que marqués par le bonheur.

Enfin le troisième degré est celui où nous sommes parvenus, et après lequel les hommes ont toujours retrogradé ; il est un terme, au delà duquel l'on s'égare, et il est à craindre que nous n'ayons atteint ce terme.

Une délicatesse outrée annonce la décadence du goût, le génie s'éteint, le faux esprit prend sa place et prépare peu à peu ces bouleversements qui font retomber les peuples les plus éclairés dans les ténèbres de l'ignorance.

Vous passerez comme nous par ces différents états et les mœurs de votre île ne sont pas, comme vous le croyez sans doute, l'état le plus parfait de la nature ; mais seulement une des périodes des différentes gradations que vous parcourrez pour parvenir au point où nous sommes et retomber ainsi que nous dans le premier état que je vous ai dépeint.

A mesure que St. Val me parlait, une douce lumière pénétrait dans mes sens à peu près comme les premiers rayons du jour, lorsqu'ils viennent frapper des yeux longtemps appesantis par le sommeil.

Je l'écoutais avec avidité, il me semblait que toutes ses paroles et les idées qu'elles faisaient naître dans ma tête, s'y plaçaient distinctement, et par ordre ; profondément occupé, je l'écoutais encore qu'il avait cessé de parler.

Eh bien Zeïr, me dit-il, qu'est devenu la joie que vous montriez tout-à-l'heure, vous aurais-je attristé quand je n'ai voulu que vous donner les moyens d'être heureux dans notre pays en vous consolant de la perte du vôtre : l'amitié, ce présent sacré des cieux, est-elle ignorée chez vous, n'y connaîtrait-on que les tumultueux transports de l'amour ?

Non, lui répondis-je vivement, l'amitié est un sentiment aussi naturel et plus sacré encore à nos cœurs que l'amour. Mon âme, cher St. Val, a prévenu la vôtre et du moment que je vous ai vu, je vous ai souhaité ce caractère de franchise et d'aménité, qui forme et entretient chez nous ces liaisons heureuses que le temps fortifie et qui sont notre consolation dans l'âge qui succède à celui des amours.[14]

St. Val, après m'avoir affectueusement embrassé, me fit plusieurs questions à son tour sur les mœurs de Tahiti, et malgré la prévention trop marquée pour son pays, il ne put s'empêcher de s'écrier à plusieurs reprises : heureuse nation, aimable simplicité, que n'est-il possible de t'allier avec ces connaissances précieuses qui embellissent notre vie ! Zeïr, me dit-il ensuite, conservez chèrement cette candeur de sentiment que vous avez apportée de votre île et joignez-y ces agréments que vous aimez dans les Français, vous serez par ce moyen le plus aimable et le plus heureux des hommes.[15]

Je vous instruirai de nos mœurs ; je vous dirai avec une franchise qui n'est pas permise ici, tout ce que je pense de nos lois, et les opinions de votre esprit sain et non encore asservi aux préjugés seront des traits de lumière pour le mien.

En attendant, étudiez ma nation dans la partie que l'on observe le moins et qui pourtant la caractérise : C'est dans nos campagnes au milieu de ces paysans qu'on méprise qu'il faut chercher le caractère national. C'est là que vous retrouverez la gaieté, la franchise et la noble fierté du Français. C'est surtout dans ces provinces reculées où les vices de la capitale n'ont pu pénétrer que vous pouvez encore voir le caractère de notre nation tel qu'il fut avant que nous eussions joint à notre légéreté naturelle les vices de nos voisins.

Voilà ma chère Zulica une partie de ma première conversation avec cet honnête Français, je t'ai pour ainsi dire copié ses propres paroles, je me les rappelle avec plaisir et je sens une joie inexprimable en songeant que tu liras ceci avec interêt.

Je serai exact à t'écrire le précis de nos conversations et j'y trouverai le double avantage de m'instruire et d'entretenir ce que j'aime.

Que n'es-tu ici ma bien aimée, que ne puis-je joindre les transports de l'amour aux douceurs de l'amitié. Ô Zulica ! que je sens cruellement ta privation et que les regards de la belle Julie me dédommagent faiblement de tes naïves caresses. Adieu, Zulica, adieu, un nuage de tristesse se répand autour de moi toutes les fois que je prononce ce mot funeste.

LETTRE XII.
ZEÏR À ZULICA.

Il faut rénoncer à Julie, il faut l'oublier ma Zulica, l'honneur me l'ordonne, je trahirais mon ami, je perdrais sa sœur, et je forcerais St. Val au triste devoir de m'arracher la vie si je réussissais dans le plus cher de mes souhaits !

Conçois-tu quelque chose à cet honneur bizarre ? Si j'aimais une autre que Julie, St. Val me servirait au péril de ses jours ; et parce que mes vœux s'adressent à une femme dont le bonheur doit lui être cher, il s'y oppose, *l'honneur le veut*, et ce barbare honneur lui prescrit de m'assassiner pour un crime dont il eût été complice, s'il eut eu une autre que sa sœur pour objet.

Chaque femme appartient ici en propre à un homme, et en se donnant à lui elle jure de renoncer à tout autre amour. Caprices, mauvais traitements, violation du même serment de la part de son époux, rien ne peut la relever de cette indiscrète promesse : les filles qui ne l'ont point encore faite, doivent se conserver pour celui que leurs parents leur destinent, car le plus souvent elles ne le choisissent pas.

Si avant d'être engagées on peut les convaincre d'avoir eu un amant, elles demeurent sans état et vouées au mépris public.

Ne crois pas que des lois si sévères soient pour cela mieux observées, on les viole tous les jours, au péril des plus grands malheurs. La nature victorieuse triomphe de tous les obstacles et les filles exceptées celles que la crainte de n'avoir point d'époux retient presque toujours, les femmes sont ici aussi faciles qu'à Tahiti.

J'ai l'obligation de cette découverte à St. Val, tout le secret consiste dans beaucoup de discrétion de la part de l'amant, et l'art de persuader à sa maîtresse que ce n'est qu'à l'amour qu'elle cède. J'ai remarqué à la gloire des Français que plus délicats que nous ils veulent être aimés pour eux-mêmes, ils savent peu de gré à une femme voluptueuse d'avoir cédé à l'attrait du plaisir. L'inconstance est aussi un crime, mais ce n'est que pour les femmes ; les hommes se sont reservé autant de liberté que nous, non par la loi mais par l'opinion bien plus forte qu'elle. Ils n'ont qu'une femme, mais ils peuvent changer de maîtresse à leur gré sans qu'on en glose, pouvu qu'il gardent certains ménagements d'usage, et une sorte de silence après la rupture qui est un aveu tacite d'un bonheur qu'on est convenu de ne pas publier ; en général malgré les égards qu'on témoigne ici aux femmes, elles y paraissent uniquement destinées au bonheur des hommes et l'on voit que les lois ont cherché à tirer d'elles tout le parti d'utilité ou de plaisir qui pouvait convenir au bien-être de l'autre sexe.

Elles s'en aperçoivent et on les en console par une espèce de souveraineté dont elles abusent, dit-on, souvent ; en vérité, toutes ces nouveautés m'amusent et sans la clause cruelle de renoncer à Julie, je me réjouirais de la singularité de ces usages : ils ont, comme dit S. Val, je ne sais quoi de piquant que je ne connus jamais. Plus je refléchis et plus je vois que la sincérité n'est pas une vertu de ce pays, et qu'il faut nécessairement y être faux avec ses meilleurs amis.

Quelque éloignement que j'aie pour la dissimulation, je ne saurais m'empêcher de me repentir d'avoir fait à St. Val l'aveu de mon amour pour sa sœur, j'aurais dû ne croire qu'à elle, j'ai perdu par ma faute une victoire que ses yeux me promettaient : d'un autre côté, s'il est vrai que je l'exposasse à quelques périls, eussé-je voulu d'un bonheur qui lui eût coûté le repos de sa vie ? Je ne dirai plus ; depuis que par le moyen de St. Val j'ai eu lieu de me convaincre que les Françaises seraient bientôt accoutumées à nos mœurs, j'ai moins d'amour pour Julie, ses yeux me paraissent aussi beaux, mais ils me semblent dépourvus de cette voluptueuse langueur que j'ai retrouvée dans quelques-unes de mes nouvelles connaissances.

Je ne sais si c'est une ruse de St. Val pour me faire oublier sa sœur, mais elle ne pouvait être plus obligeante et je suis résolu de lui faire le sacrifice entier de mon goût pour Julie. Que ne puis-je oublier à tes pieds tous les chagrins que m'a déjà causés cette fière et singulière beauté.

Lettre XIII.
Zeïr à Zulica.

Est-ce de l'amour, est-ce de la folie ? Écoute Zulica et juge de ce bizarre sentiment par les effets qu'il peut produire.

Julie, que je négligeais depuis quelque temps, piquée de mon indifférence, a mis en usage pour me ramener à elle cet art qu'une femme de ce pays n'emploie jamais inutilement. Je n'avais que trop de penchant à succomber ; promesses, devoir, crainte, tout avait disparu. J'étais à ses pieds dans un de ces moments heureux que les femmes savent ici prolonger par une molle résistance qui vous fait cent fois toucher au bonheur avant de l'atteindre. Déjà accoutumé aux usages du pays, je ménageais la délicatesse de Julie. Lorsqu'une colère égale à la première vint encore m'arracher à ce délire. Outré de me voir une seconde fois le jouet d'un enfant, le dépit me fit oublier ce que je lui devais, je lui demandai assez durement ce qu'elle prétendait donc faire de moi ? Mon amant, me répondit-elle froidement, et du ton dont on dirait la chose du monde la plus indifférente ; mais un amant délicat et respectueux qui n'exigeât d'autres preuves de ma tendresse que l'assurance que je veux bien lui en donner, et qui me méprisât même si j'étais un jour assez faible pour lui en donner d'autres. Un amant qui mit tout son bonheur dans l'union de nos âmes et réalisât pour moi cet état d'enchantement dont je me suis fait l'idée.

Dites cet état de folie, s'écria St. Val en ouvrant brusquement la porte et la regardant avec un souris moqueur : en vérité Julie, continua-t-il, je suis aussi étonné de vos extravagantes idées que de l'oubli que vous faites de tout ce que vous vous devez. Et vous, me dit-il assez sèchement, vous que je croyais mon ami, vous avez donc oublié les promesses que vous m'aviez faites et trompé ma confiance ?

J'étais aussi confus que Julie et je me sentais plus coupable. Mais incapable d'avoir recours à la feinte, j'avouai mes torts avec une franchise qui désarma St. Val. Je connais la force des passions, me dit-il, et l'empire qu'elles peuvent prendre sur l'homme le plus vertueux ; mais vous Julie, vous dont l'âme ne participe point aux sensations de votre tête, comment avez-vous pu de sang froid préméditer votre déshonneur ? Fille sans principes, ou amante sans foi, comment avez-vous pu envisager ou votre honte ou le supplice de celui que vous aimez ?

Julie sanglotait, la colère était peinte sur son beau visage et la défigurait, elle avait peine à articuler quelques mots ; St. Val, touché de sa douleur, s'approcha d'elle, et voulut lui parler avec plus de douceur, mais cette fille extrême en tous ses sentiments le repoussa avec hauteur : allez Monsieur, lui dit-elle, votre sèche réprimande ne sortira point de mon esprit ; mon âme pure comme le jour qui m'éclaire, ne se sent point flétrie par vos odieux soupçons : oui j'aime Zeïr, je le lui ai dit, je vous le répète ; mais cet amour n'a pas coûté un remords à ma vertu.

Heureux de mon sort, ayant une souveraine horreur pour m'assujettir à un homme en me mariant, j'étais décidée à faire mon bonheur d'une tendresse qui eût toujours été innocente, si l'on m'eut aimée comme je voulais, et croyais l'être.

Tout est changé pour moi, je vois que tous les hommes se ressemblent et je les méprise, je renonce à un monde dont le faux éclat ne me séduisit jamais, dès demain un cloître me sauvera la honte de rougir à vos yeux et la douleur de voir quelqu'un qui n'a pas senti le prix du cœur que je lui offrais. A ces mots Julie sortit malgré les instances de son frère.

En vérité, me dit St. Val, plus l'on s'éloigne de la nature et plus l'on s'égare, voilà le fruit des sévères leçons que l'on a données à Julie et des extravagants romans qu'on lui a laissé lire. A force de parler de devoir et d'honneur à nos jeunes filles, l'on exalte leurs têtes et l'on fomente en elles une sensibilité factice qui fait le malheur de leur vie et le tourment de ceux qui les entourent. On leur a donné tant de leçons jusqu'ici sur la nécessité de n'avoir point d'amour, ne leur en donnera-t-on jamais sur la façon de se conduire quand elles en ont ?[16] J'ai eu, ajouta-t-il, une maîtresse du caractère de Julie : après deux ans d'assiduités j'en obtins enfin le prix de ma constance, mais mon bonheur lui coûta tant de larmes que le premier jour de ma félicité en fut aussi le dernier.

J'ai juré de fuir à jamais ces caractères romanesques, auxquels le ciel semble n'avoir accordé que le ton de s'affliger.

Il me semble, dis-je à St. Val, qu'une maîtresse de ce caractère n'en est plus une, c'est une âme tendre, dont la présence nous est agréable et à laquelle il est doux de conter son bonheur.

Détrompez-vous Zeïr, me dit-il, ce sont les plus exigeantes, et les plus jalouses de toutes les femmes ; n'aimant qu'elles-mêmes, c'est à leur orgueil plus qu'à la vertu qu'elles font le sacrifice des plus doux mouvements de la nature et du supplice de leur amant ; vaines d'une ardeur qu'elle savent entretenir par une espérance bien ménagée, elles comptent leurs triomphes par les pleurs qu'elles nous font répandre ; et cependant Zeïr, voilà les femmes qu'on honore, voilà celles que les mères proposent ici pour modèles à leur filles, celles qui sont les plus heureuses et souvent les mieux aimées.

Je souhaite que vous ne tombiez jamais entre les mains d'une de ces dangereuses sirènes, et surtout qu'elle ne joigne pas le manège de la coquetterie à l'art d'être maîtresse de ses sens ! Julie n'est que romanesque, c'est la nature qui prend le change et le besoin d'aimer qui se fait sentir en elle avant d'avoir un amant. Je me reproche de l'avoir traitée avec trop de sévérité, il faut tout craindre de ces caractères extrêmes, je serais surtout inconsolable si un moment de dépit l'engageait à s'enterrer dans un cloître.

Donnez-moi, dis-je à St. Val, une idée de ces retraites dont j'ai entendu parler tantôt avec admiration, tantôt avec mépris. Tel est, me répondit-il, le caractère de notre nation – tel blâme ce qu'un autre approuve, chacun ne suit que ses propres idées et la raison qui devrait être une prend ici la forme et la teinte des différentes opinions. Nos écrits surtout portent l'empreinte de cette inégalité. La religion est le grand sujet de nos éternelles disputes, car quoiqu'assujettis à la même croyance, la nation est cependant composée de trois sortes de gens : ceux qui croient de bonne foi, et le nombre en est petit ; ceux qui par état paraissent croire, et ceux enfin qui font profession de ne rien croire du tout.

La première classe pourrait se diviser encore en une infinité d'autres qu'il serait trop long de vous détailler, c'est ce qu'on appelle *les dévots* ; parmi ceux-là il y en a beaucoup qui affectionnent particulièrement une vertu et négligent toutes les autres ; c'est-à-dire qu'ils feront l'aumône, qu'ils se priveront d'une partie de leur bien pour secourir l'indigent, mais en même temps ils ne se feront nul scrupule de se procurer les moyens de satisfaire à leur libéralité par les voies les plus illicites sous le spécieux prétexte qu'ils font un bon usage de leurs richesses. D'autres qui peu propres aux plaisirs de l'amour déclament contre cette passion tandis qu'ils se livrent à des goûts plus chers à leurs cœurs et plus pernicieux que ceux qu'ils condamnent, enfin il est rare qu'on trouve dans cette classe un vrai homme de bien.

La seconde est composée des ecclésiastiques, des magistrats et des gens qui par leurs places doivent l'exemple au peuple ; parmi ceux-là, il s'en trouve de très estimables qui sachant distinguer des opinions utiles de celles qui ne sont qu'absurdes, tolèrent par une vertueuse indulgence quelques abus pour ne pas nécessiter des crimes. Ceux au contraire qu'un intérêt particulier rend bassement hypocrites usent durement du pouvoir que la loi leur confie pour sonder jusque dans les replis des consciences et tourmenter ceux que leur ministère expose au malheur de dépendre d'eux.

La troisième classe enfin est composée de savants, de beaux esprits et de ce qu'on nomme généralement *philosophes* ; ceux-ci, seulement d'accord sur l'incrédulité, ont autant de diverses opinions que leur interêt ou l'envie de démentir un de leurs confrères peut leur en suggérer.

N'estimant qu'eux et leur savoir, ils ne respectent ni lois, ni mœurs, ni souverain, ni religion. Si quelquefois le gouvernement sévit contre leur audace, la punition consiste à condamner le livre au feu, tandis que l'on pensionne l'auteur.

Voilà mon cher Zeïr une légère esquisse du caractère de ma nation : la légèreté, l'inconséquence en sont le fond ; mais la bonté, la franchise et surtout l'honneur contrebalancent ces vices, et rendent le Français à l'âge de maturité le plus aimable des Européens.

Après ce que je viens de vous dire vous concevez facilement la source des différentes opinions que vous avez remarquées au sujet de ces cloîtres qui recèlent la plus belle jeunesse du pays ; l'origine de ces institutions, ouvrage du fanatisme entretenu par la politique, serait trop long à vous détailler ; il faut d'ailleurs connaître la constitution du royaume pour bien concevoir l'espèce d'utilité que l'État croit trouver dans leur conservation. Quelque jour nous pourrons revenir sur cette matière, en attendant je cours dissuader ma sœur de l'horrible dessein de s'ensevelir toute vive et empêcher que ce projet ne vienne à la connaissance de Madame de St. Val, qui ne manquerait pas d'y donner les mains pour plusieurs raisons, dont il en est une que vous n'ignorez pas. St. Val m'a regardé finement en achevant ces mots et m'a quitté.

Qu'il devine s'il peut, quant à moi je me suis bien promis de ne plus le choisir pour confident quand mes amours auront pour objet quelqu'un de sa famille. Le sort de Julie m'inquiète, je n'aurai l'âme tranquille, que quand je la saurai pleinement dissuadée de son sinistre projet. Tu frémirais pour elle si tu savais ce que c'est que ces pieuses prisons qu'on nomme ici *Cloîtres*.

L'on y vit séparé du reste des humains et l'on s'engage en y entrant par un redoutable serment de renoncer au plus doux vœu de la nature, de réprimer les mouvements d'un tendre cœur, comme autant de crimes, l'on jure de ne plus rien aimer, Zulica, conçois-tu de tourment pareil ? — Adieu ma tendre amie, j'oublie tous mes maux en t'écrivant, mais la réflexion cruelle vient m'arracher à cet éclair de félicité. Un vaisseau qui met à la voile se charge de mes dernières Lettres, les premières doivent déjà t'être parvenues. Elles seront un instant dans tes belles mains, tes yeux daigneront en fixer les caractères. Ah ! Zulica, que ton amant envie leur sort et que le sien est affreux loin de toi.

Lettre XIV.
Zulica à Zeïr.

Que tout le plaisir que j'ai éprouvé à la lecture de tes Lettres mon bien-aimé puisse passer dans ton âme quand tu liras ceci ; un saisissement délicieux a si violemment agité mon âme lorsqu'on m'a remis ce précieux paquet que mes forces m'ont abandonnée et que j'ai été plusieurs instants sans pouvoir en briser le cachet. Idole de mon cœur jamais ta présence chérie ne fit couler un plaisir si vif dans mon âme que la vue de ces caractères sacrés qui m'assurent de ton existence et de ton amour. Avare de mon bonheur j'ai lu lentement chacune de tes lettres et par un sentiment contraire j'aurais voulu pouvoir en parcourir toutes les lignes à la fois, quoique je craignisse d'en avoir trop tôt achevé la lecture.

Elles sont à présent sous mes yeux, j'en relis chaque mot, j'en étudie chaque expression ; les plus tendres, celles qui m'assurent de ton amour, sont celles que j'ai le mieux retenues. Ah Zeïr ! elles ne s'effaceront point de mon âme ; ce que tu me dis de tes peines ne m'intéresse pas moins vivement, je hais ta Julie pour avoir refusé de faire ton bonheur. Zeïr que n'a-t-elle mon âme, * tant d'amour te rendrait sans doute heureux ! Cependant il faut que je te l'avoue avec cette franchise qui ne me permet pas de te cacher le moindre de mes sentiments ; par un mouvement que je ne puis définir, quelque cher

---

* Tant de générosité doit étonner nos Européennes, je crois cependant cet amour de tous pays.

que me soit ton bonheur, quoique je fusse prête à sacrifier ma vie pour l'assurer, je serais fâchée qu'une autre puisse t'aimer autant que moi, je me plais à disputer cet avantage à toutes mes compagnes, et je serais au désespoir si j'avais ainsi qu'elles la faculté de goûter du plaisir loin de mon amant. Pour toi Zeïr, sois heureux, sois-le autant que tu pourras l'être, ne pense même à Zulica qu'autant que son idée portera à ton âme une sensation agréable, songe seulement quelquefois qu'au milieu de ces femmes qui s'empresseront sans doute de faire ton bonheur, aucune ne t'aimera comme elle.

J'ai lu avec intérêt les détails que tu me donnes au sujet des mœurs françaises, je trouve ainsi que toi ce peuple aimable mais je le crois faux. S'il ne pouvait que gagner à être connu ; pourquoi ne se montrerait-il pas tel qu'il est ? Cette dissimulation m'est suspecte, Zeïr conserve ta simplicité, l'honnêteté de ton âme, va, ces sentiments sont de tous les pays.

Les Français qui sont dans notre île, ces hommes si prompts à ridiculiser tout ce qui n'est point eux respectent notre innocence et envient notre bonheur. Quoiqu'en dise St. Val, pourquoi, s'ils avaient atteint l'état de perfection, une inquiétude involontaire les forcerait elle à rétrograder ? Ses maximes sur le bonheur me semblent également fausses : j'en appelle à toi-même, n'étais-tu pas plus satisfait ici où tout t'offrait une félicité paisible que tu ne l'es en France, où le plaisir qu'on te présente fuit et t'échappe quand tu crois le saisir.

N'est-ce pas plutôt l'impossibilité d'être heureux, jointe à l'envie de le devenir qui produit chez les Français cette inquiétude perpétuelle ?

Quand on est content de son sort, on n'est pas pressé d'en changer : tu te citeras pour exemple et tu n'auras pas raison pour cela : Zeïr, quand tu voulus quitter ce pays, sans doute tu n'étais pas heureux, un désir curieux de t'instruire avait pris dans ton cœur la place de cet amour tendre qui le remplissait avant. Il fallait me résoudre à te voir vivre triste et mécontent près de moi ou consentir à ton départ.

Ton bonheur avait cessé, je renonçai au mien dans l'espoir de te le rendre. La nature m'a appris que la suprême félicité consistait uniquement dans la facilité de satisfaire ses désirs ; apparemment que les Français ont eu l'imprudence d'en irriter trop à la fois dans leur cœur et qu'ils n'ont pas songé aux moyens de les satisfaire.

Moi qui n'en connus jamais d'autre que celui de te posséder, j'ai tout perdu en te voyant t'éloigner de moi et si je puis quelquefois prendre le change et goûter quelques instants de plaisir, ce n'est plus que par des objets relatifs à ta propre satisfaction.

Nonobstant ce que je viens de te dire, j'aime le caractère de St. Val ; et je me réjouis de le savoir ton ami. Zeïr, mon cher Zeïr, rien de ce qui t'est cher peut-il m'être indifférent ? Si ta jolie Française cesse de te tourmenter, je l'aimerai aussi. Privée de toi, doux charme de ma vie, j'ai mis mon bonheur dans le tien, et je serai heureuse ou misérable à proportion que tu seras l'un ou l'autre.

Je n'aime pas Madame de St. Val ; une femme insensible aux plus doux mouvements de la nature n'est pas digne de sentir l'amour. Elle doit d'ailleurs avoir passé l'âge où on l'inspire, que veux-tu faire d'elle ? Et puis, si ce sentiment est un crime en France et qu'il plonge les femmes dans de si grands malheurs, ne manques-tu pas plus essentiellement à St. Val dans la personne de sa mère que dans celle de sa sœur ? Encore un mot Zeïr, si St. Val est ton ami, comment peux-tu te résoudre à feindre avec lui et à lui cacher quelque chose pour en faire une qui doit l'offenser ? serait-ce ainsi qu'on aime au pays où tu vis ? Ces réflexions m'attristent, ô bon Zeïr, fuis ces mœurs qui indifférentes, sans doute, pour les naturels du pays, sont peut-être aussi dangereuses pour toi que l'air pur de notre île l'est aux étrangers qui se livrent inconsidérement aux plaisirs qu'on y goûte.

Ne trouves-tu pas cette lettre plus facile que celles que je t'ai déjà écrites ? L'étude presque continuelle que j'ai fait depuis ton depart de la langue des Français me l'a rendue aussi familière que la mienne, cependant soit, comme tu dis, prévention, soit ignorance des termes, il me semble aussi que cette langue si abondante, si claire quand il ne s'agit que de t'expliquer les idées qui naissent dans mon esprit, devient sèche et stérile quand je veux t'exprimer les sentiments de mon cœur.

Le feu qui consume mon âme ne coule point dans mes expressions, je suis affligée de te dire si mal que *je t'aime* quand je le sens si bien.

J'écris ces mots mille fois dans la journée, mes larmes l'effacent autant de fois, je l'écris encore et des pleurs nouveaux coulent de mes yeux. Mes jours se passent dans cette triste occupation et la nuit un sommeil pénible m'offre ton image. Non plus comme autrefois heureuse et satisfaite, me remerciant de ton bonheur ou le sollicitant encore, mais baignée de larmes et t'arrachant de mes bras comme le jour cruel où je vis s'éloigner de moi le navire fatal qui emportait mon espoir et ma joie.

Tels sont loin de toi, mon cher Zeïr, et mes jours, et mes nuits ; ne me souhaite plus le bonheur, toi seul peux me le rendre. J'attendrai patiemment ton retour, j'aurai le courage de ne le point solliciter, si tu te plais dans les heureuses contrées qui te possèdent ; mais jusqu'au moment où mes yeux reverront les tiens, le sourire de la joie n'habitera pas sur mes lèvres.

Adieu, puisse l'Etre bienfaisant que j'implore donner mon âme à toutes celles que tu choisiras pour lui rendre hommage, quant à moi mes pleurs l'offenseraient au sein des plaisirs, je renonce à ses dons qui me furent sacrés tant que tu pouvais me les rendre chers et je n'irai disputer le prix de la beauté que quand mon amant pourra me le donner .... Ah Zeïr, mon cher Zeïr !

LETTRE XV.
ZEÏR À ZULICA.

Il n'a pas encore reçu la précédente.

C'en est fait, l'infortunée Julie, fidèle à ses indiscrètes promesses — vient de quitter un monde, dont elle eût fait l'ornement. Son frère, au désespoir de cette étrange et trop précipitée resolution, a mis tout en usage pour la fléchir, elle a obstinément refusé de le voir ainsi que moi et sa barbare mère a prêté les mains avec joie à ses desseins. Je me reproche mon amour et j'en détesterai à jamais les suites malheureuses. St. Val se repent de sa sévérité et peu s'en faut qu'il ne me fasse un crime de mon indiscrète confidence pour Julie ; afin de s'ôter à elle-même les moyens de changer et à nous ceux de la fléchir, elle a demandé la dispense des épreuves usitées en pareil cas et sa dénaturée mère qui pouvait seule réclamer contre cette précipitation allègue pour prétexte de sa coupable indifférence sa soumission à la volonté de Dieu. Oui ma Zulica ce peuple si doux, qui a la méchanceté en horreur, s'est fait un tyran de la divinité qu'il sert.

On la représente aux jeunes gens avide de sang et de larmes, jalouse de leur bonheur et leur défendant d'une voix sévère tous ces plaisirs dont elle mit l'attrait dans leurs cœurs.

La crédulité naturelle à l'homme prend le teint des différents esprits et multiple ici les châtiments sans prévenir les crimes, les cloîtres sont peuplés de ces innocentes victimes d'un zèle indiscret.[17]

La superstition les y conduit, la loi les y retient ; et cette loi favorable à l'ambition des parents leur donne la facilité de sacrifier plusieurs de leurs enfants à l'espoir de faire à un seul une fortune considerable.

Je connais peu encore ces institutions, mais tout ce que j'en apprends révolte mon âme et la pénètre d'horreur. En recevant les jeunes filles qui se destinent à l'état *des vierges du Seigneur,* on leur fait faire le serment affreux de renoncer à tout et à elles-mêmes.

Etrangères à leur patrie, perdant le plaisir d'aimer leurs semblables, le bonheur plus grand encore de leur être utile, on les condamne à demander pardon à Dieu des crimes qu'elles n'ont point commis dans les langueurs d'une mort anticipée. Ah Zulica, est-ce là ce peuple hardi qui sait commander aux éléments et pénétrer jusque dans nos climats reculés en dépit des mers orageuses qui nous séparent ? Sont-ce là ces hommes qui savent mesurer les cieux et demander compte à la terre de ses mouvements ?

Quel mélange de grandeur et de bassesse, d'inconséquence et de raison, ou plutôt quelle mollesse d'âme, car je le vois, je le sens, la moitié de la nation gémit de ces abus sans avoir la force de s'élever contre. C'est un vieux arbre qu'on voudrait abattre, mais personne n'a le courage de tenir la coignée.

Je n'ose questionner St. Val, c'est aggraver ses douleurs et rappeler mon crime. — Cependant qu'ai-je fait que je doive me reprocher ? J'ai dit à une fille aimable qu'elle l'était ; j'ai désiré le prix d'un sentiment qu'elle m'a paru partager, un usage cruel me fit abandonner cet espoir, et cette Julie qui devrait me savoir gré de ma soumission m'en punit aujourd'hui en me reprochant ma froideur, St. Val me rend responsable des extravagances de sa sœur, sa mère s'offense de ma tristesse, et pour comble de maux mon propre cœur m'accuse de tous ceux auxquels j'ai livré mes amis. — St. Val me fait appeler, peut-être apprendrai-je quelque heureuse nouvelle. Adieu Zulica, jamais mon cœur ne fut plus agité.

LETTRE XVI.
ZEÏR À ZULICA.

Il n'y a plus d'espoir, le fatal serment est prononcé, j'ai vu Julie, mais une barrière éternelle est élevée entre nous. Ah Zulica, qu'elle était belle le jour où elle a consommé ce funeste sacrifice. La veille, c'était le jour où St. Val me faisait appeler, je fus forcé d'interrompre ma lettre, il me remit un billet de sa part qui contenait ce peu de lignes.

« Si vous voulez demain accompagner mon frère et ma mère au couvent de … vous m'y verrez réparer une faute dont je n'ai point assez de vertu pour me repentir, mais dont j'aurai le courage de me punir. »

Un tremblement universel me saisit en achevant ce billet, je le remis à St. Val ; qui par la tournure de sa lettre se doutait de ce qu'il pouvait contenir, il le lut et me regardant plus tranquillement que je ne l'aurais imaginé, soit qu'il eût pitié de mon état, ou que l'amitié l'emportât dans cet instant sur la tendresse fraternelle, il m'embrassa avec bonté et me consolant lui-même, Zeïr, me dit-il, il faut oublier, vous une maîtresse qui ne pouvait que vous rendre malheureux, et moi une sœur que son extravagance rend presque digne de son sort, ou je m'y connais peu ou Julie a un de ces caractères chimériques qui ne sont pas faits pour le monde. Peut-être trouvera-t-elle dans l'état qu'elle choisit le genre de bonheur qui lui est propre.

La piété remplira son cœur tendre et la dévotion fixera cette tête exaltée, je lui procurerai au surplus tout ce qui pourra contribuer à rendre sa retraite supportable ; mais vous, vous sentez-vous le courage d'assister à la cérémonie où elle vous invite, serez-vous assez maître de vous pour respecter le lieu et les témoins de ce douloureux sacrifice ?

J'assurai St. Val que je serais attentif à cacher tous les mouvements qui sans doute déchireraient mon âme et que je répondais de ma fermeté quoi qu'il pût arriver.

Ce tendre frère qu'un reste d'espoir animait encore ne voulut point attendre sa mère, qui devait aussi se trouver à la cérémonie et conduire la victime à l'autel. Nous partîmes donc de grand matin et nous nous rendîmes au couvent de Julie. Ayant demandé à la voir on nous refusa de sa part ; mais St. Val ayant insisté elle lui fit enfin répondre qu'elle consentait à le voir seul, il fallut m'éloigner, j'entrai dans un cabinet attenant au parloir, c'est le nom qu'on donne à ces chambres extérieures ; et je me plaçai de façon que je pouvais tout entendre sans être vû.

Julie parut ; après les plus tendres démonstrations d'amitié, son frère lui fit la peinture la plus effrayante de la vie qu'elle allait embrasser. Prières, représentations, serment de la protéger contre la tyrannie de sa mère, jusqu'au consentement tacite de ne plus s'opposer à sa passion ; tout fut vainement employé de la part de ce généreux frère.

J'avoue que tant d'obstination me surprit et m'indigna même, j'entrai brusquement dans le dessein d'éprouver une dernière fois l'ascendant de l'amour sur cet esprit fier et entêté ; mais Julie qui se craignait sans doute, m'évita en se sauvant avec précipitation dans l'intérieur du couvent.

L'instant d'après on vient nous avertir qu'il était temps de nous rendre à *l'église*. L'on nomme ainsi le lieu consacré à la divinité. Julie y était déjà. Une parure des plus brillantes relevait ses charmes, une douce modestie tempérait l'éclat de ce regard si fier et une teinte assez visible de tristesse donnait à ses yeux cette langueur que j'aime.

Peu s'en fallut qu'à ce spectacle je n'oubliasse l'univers entier pour me précipiter à ses genoux et lui reprocher sa barbarie envers elle-même ; mais la vue de son frère qui se tenait auprès d'elle, les yeux humides de pleurs, me contint.

Un homme, grotesquement vêtu, élevé au-dessus de nous par une espèce de trône, commença un long discours entremêlé de beaucoup de phrases prononcées dans une langue que je n'entends point, et dont personne ne se sert ici : il vanta les agréments de la vie que Julie allait embrasser, en homme payé pour le faire croire et parut ne persuader personne.

Le discours fini, Julie se leva pour s'approcher de celui qui allait recevoir ses serments ; mais une pâleur subite couvrit son teint, ses genoux plièrent, elle fut obligée de s'appuyer sur son frère qui lui donnait la main. Cet aimable jeune homme voulut se servir de cet accident pour faire suspendre la cérémonie ; mais Madame de St. Val arracha brusquement un bouquet de fleurs qui parait le sein de Julie, en disant que c'était l'odeur de ces fleurs qui lui avaient porté à la tête et en même temps elle entraîna sa fille vers l'autel.

Julie, la pâleur de la mort sur le visage et les yeux levés au ciel, y prononça d'une voix tremblante le redoutable serment qui devait à jamais la séparer du reste des humains.

Alors les portes du couvent s'ouvrirent et Julie, après avoir pour la dernière fois embrassé son frère et sa mère, vit renfermer sur elle ces portes sépulcrales.

Ne me demande pas ce que je devins après ce triste spectacle, j'errai plus de deux heures comme un forcené et St. Val, après m'avoir cherché longtemps, me rendit enfin à moi en me disant que Julie voulait me voir.

Malgré la résolution que j'avais prise de la fuir, je ne pus résister à l'envie de lui faire un dernier reproche, son frère à qui je dis mon intention me supplia de prendre sur moi et de n'en rien faire. Le mal est désormais sans remède, me dit-il, gardez-vous de détruire des chimères qui peuvent faire son bonheur. Il n'est plus temps de combattre l'erreur qui l'a séduite, puisse-t-elle durer autant que sa vie.

Je n'ai pas voulu lui refuser la satisfaction de vous voir pour ne pas renouveler par une privation trop dure le regret de ce qu'elle a perdu, mais j'attends de votre amitié que vous tâchiez d'éteindre en elle par une absence bien ménagée, un sentiment qui ne peut plus que la rendre misérable.

Je promis tout ce que St. Val voulut et me laissai conduire vers Julie : une robe noire et un voile de même couleur, c'est une piece d'étoffe très claire qui cache une partie du visage, relevaient encore l'éclat de sa peau ; ce triste ajustement, loin de rien dérober de ses charmes, leur prêtait au contraire un intérêt touchant. Son frère nous avait laissés seuls et je ne m'en étais pas encore aperçu ; mais d'inébranlables barres de fer qui nous séparaient rendaient cette liberté bien inutile. Je les parcourais dans un morne silence quand Julie le rompant me dit d'un ton de voix qui me parut calme :

Zeïr, votre émotion me touche — vous me fûtes trop cher pour que je puisse être indifférente aux marques de votre attachement ; mais tout est changé pour moi, je vois aujourd'hui de sang froid le précipice dans lequel j'étais prête à tomber et je bénis la main qui m'arrache à l'illusion qui m'avait séduite. Le dépit m'a conduite ici, la réflexion m'y a retenue et le plus grand de mes regrets, c'est d'avoir vécu si longtemps dans un monde que j'ai toujours méprisé.

Je fixais Julie avec attention, l'air de sérénité que je voyais briller sur son visage s'était communiqué à mon âme, j'aurais craint de troubler par mes reproches la tranquillité que je lui supposais. Etes-vous heureuse, me contentais-je de lui demander ? Oui, me répondit cette fille singulière avec une assurance que la scène de l'église semblait démentir.

Je le souhaite, Madame, lui dis-je un peu ému, et oubliant presque à l'instant mes résolutions : Eh quoi Julie, continuai-je avec véhémence, avez-vous pu être maîtresse de vous-même à ce point si vous m'aimiez comme vous le dites ? Mon image peut-elle être si tôt effacée de votre cœur ? Ne vous suivra-t-elle pas au fond de votre retraite pour vous reprocher mes tourments et vos malheurs ?

Amante trop craintive ou plutôt abusée, vous avez foulé aux pieds le doux instinct de la nature pour embrasser une vertu farouche.

Vous avez porté le désespoir dans le sein de votre amant désolé, d'un frère qui vous aime, sans trouver le repos que vous cherchez : Julie, est-il bien vrai qu'il n'est plus temps de vous rétracter, vous ai-je pour jamais perdue...? Ici les sanglots me coupèrent la parole, quelques pleurs que Julie cherchait à me dérober redoublant mon désespoir, je secouai les grilles avec une fureur qui la fit tressaillir.

Il n'est que trop vrai, me dit-elle en me regardant avec tendresse, que je ne peux plus vous écouter sans crime, et que je n'aurais pas dû m'exposer à vous revoir, je me croyais moins faible et vous moins touché — — Peut-être ne serais-je pas ici si j'avais été aussi convaincue de votre amour que je le suis dans ce moment, je n'en bénis pas moins l'erreur qui m'y a conduite, dans nos principes nous ne pouvions que nous rendre mutuellement malheureux.

Oubliez-moi, et ne cherchez plus à me voir, c'est la seule et dernière preuve que je vous demande d'un sentiment qui eût dû faire mon bonheur.

J'avais eu le temps de rentrer en moi-même, j'insistai cependant sur la permission de voir Julie, elle fut inflexible. Je lui demandai sa main pour dernier gage de son amour, elle me la refusa encore, en m'assurant qu'elle ne pouvait sans se rendre coupable m'accorder cette légère faveur.

Je la quittai étonné de sa fermeté et le cœur navré de l'idée que je ne la verrais plus ; rien ne me rassure sur le sort de cette infortunée victime de l'amour et de l'erreur. L'on dit que ces exemples ne sont pas rares et qu'il est même des filles qui trouvent dans ces retraites un bonheur qu'il est bien difficile de fixer.

Ce sentiment est maintenant bien loin de mon cœur, un vide affreux s'y fait sentir, si j'y rappelle l'amour ce n'est que pour gémir sur le sort de Julie, ou pour pleurer ton absence. Adieu ma Zulica, adieu la maîtresse élue de mon cœur. Ah ! crois qu'au milieu des inquiétudes qui me dévorent, ton souvenir sera toujours la plus douce de mes pensées.

LETTRE XVII.
ZEÏR à ZULICA.

Ta lettre, ô la plus aimable des femmes, vient de rendre la vie à mon âme abattue, j'ai lu avec respect ces caractères chéris, fidèles interprètes du plus tendre cœur qui fût jamais. Je te bénis ma Zulica pour tout le bonheur que tu as fait couler dans le mien. Ta douce voix a rendu le calme à mes sens agités et le premier regard que je porte sur moi est un regard de confusion et de repentir.

Depuis quinze jours que j'ai perdu Julie, j'errais comme un insensé autour de sa retraite : ni les prières de mon ami, ni les reproches de sa mère n'ont pu m'arracher de ce funeste lieu. Ta lettre vient de me rendre à moi-même, je rougis de mon égarement, je n'avais pas encore d'idée d'une pareille situation.

Mon âme peu accoutumée à des secousses si violentes n'avait ni le pouvoir ni la volonté de s'élever au-dessus d'elle-même. L'affreuse certitude d'avoir perdu Julie quand je respire le même air, quand pour ainsi dire je la vois, je la touche encore et que les plus faibles barrières nous séparent porte le désespoir dans mon cœur et m'a fait déjà mille fois maudire ma pénible existence.

Le croiras-tu, Zulica, j'ai voulu attenter sur mes jours, où les tiens sont attachés ; sans toi, sans ta douce image ton amant ne serait plus qu'un forcené, chargé de tous les crimes.

Depuis quinze jours, mon esprit n'a conçu que des projets funestes ; j'ai voulu mettre le feu à l'habitation de Julie, l'enlever de ce séjour d'horreur ou mourir dans ses bras au milieu de la flamme qu'eût allumé ma coupable main.

Zulica, que ne puis-je fuir de ce fatal pays ! L'air qu'on y respire est contagieux, mon âme épouvantée cherche en vain à se replier sur elle même, le remords y est entré avec l'idée du crime.

Je veux fuir du moins le voisinage de Julie, c'en est fait, je ne verrai plus ces murs dont l'aspect fait bouillonner mon sang, je n'entendrai plus cette cloche funèbre dont les lugubres sons réveillent la rage assoupie dans mon sein. Ô Zulica, que St. Val avait raison, quel degré d'activité les passions n'acquièrent-elles pas ici par les obstacles ! Cette Julie, que ton souvenir seul m'eût fait oublier, que je trouvais moins belle que toi, dont je comptais les défauts, à laquelle enfin j'eusse renoncé facilement quand elle m'aimait, aujourd'hui je donnerais ma vie, cette vie qui t'appartient puisque tu la rendis si longtemps heureuse, pour la posséder un seul instant.

N'importe, je saurai me vaincre ; puisque je me suis livré aux vices des Européens, je saurai imiter leurs vertus.

St. Val, que j'aime, ce St. Val dont l'estime m'est si chère, me répète tous les jours qu'il est indigne d'un homme de ne savoir pas commander à ses passions ; il me cite la fermeté de sa sœur, cette fermeté cruelle qui cause tous mes maux : eh bien, j'imiterai son exemple, j'acquerrai des vertus factices puisque j'ai perdu les véritables, mais si l'amour est ici un crime – jamais, ma Zulica, non, jamais ton amant ne voudra s'en corriger.

Lettre XVIII.
Zeïr à Zulica.

Je ne suis pas consolé, mais je ne suis plus forcené. Les sages conseils de St. Val et la douce certitude d'être aimé de toi m'ont rendu la faculté d'être heureux. Je songe à mon pays, aux plaisirs que j'y ai goûtés à tes innocents appâts et des pleurs d'attendrissement humectent mes paupières.

J'ai repris mon ancienne manière de vivre, j'examine tout, je cherche à m'instruire, et l'étude rend insensiblement à mon âme le calme qu'elle avait perdu. Nous visitons, St. Val et moi, toutes les campagnes des environs, la nature est ici dans toute sa pompe, elle est aussi belle et plus variée que chez nous.

La gaieté et la franchise se peignent sur le visage de ces bonnes gens. Leur joie naïve, leurs danses rustiques me rappellent l'aimable ingénuité de nos bons Tahitiens. Ils ne sont pas tous si heureux ni si gais, et l'on dit que le caractère du Français diffère de province à province. Ce que l'on nomme ainsi est une portion de terre aussi grande que notre île, et l'on en compte trente-deux dans le royaume, qui toutes dépendent du même maître. Quelle idée un tel état ne donne-t-il pas de la puissance de son *Eri*. * Chaque province a ses lois particulières et le peuple, ses usages. Les habitants des provinces méridionales, c'est-à-dire ceux qui sont plus près du soleil, sont plus vifs, plus agiles et plus spirituels que le reste de la nation.[18] On les croirait formés d'une partie de la matière qui compose ce grand astre, leur esprit a la vivacité de son éclat et leur âme, sa chaleur.

Les Étrangers se plaisent dans ce beau climat et viennent y chercher la santé quand ils l'ont perdue. A quelques abus près, je les comparerais aux nôtres ; au travers de plusieurs vices dont j'accuse leurs lois, l'on retrouve la franchise et la bonté nationale.

Leurs cœurs tendres sont susceptibles des plus vives impressions, on dit qu'ils sont amis chauds et amants passionnés, mais la légèreté

---

* *Eri* nom du Roi en langue tahitienne.

qui fait le fond du caractère français ternit souvent ces heureuses qualités.

Aimant leur roi jusqu'à l'enthousiasme, il n'a point dans ses états de plus zélés défenseurs, mais aussi ne trouve-t-il point de sujets plus fiers et même plus rebelles quand il veut toucher aux privilèges qu'ils se sont réservés. Les *Earraées* * moins durs ici, ou bien plus bornés dans leurs prérogatives que dans le reste de l'Europe et même à Tahiti, n'ont point avili la moitié de la nation ; dans les temps des récoltes, l'on les voit se mêler après les travaux avec les cultivateurs et ne pas dédaigner de partager leurs rustiques amusements.

J'ai sous les yeux deux exemples frappants de l'influence qu'a le caractère des maîtres sur le bonheur et la vertu des vassaux : Madame de St. Val, fière et arrogante comme le sont, à ce qu'on dit, ceux qui ont passé leur vie à la cour, dédaignant de prendre part à rien de ce qui peut intéresser ceux qui ont le malheur de dépendre d'elle, est trompée et haïe de tous ceux qui l'entourent. Ni la peur des plus sévères châtiments, qu'elle multiplie pour se faire craindre ; ni la frayeur qu'inspire sa dureté ; rien ne peut empêcher les désordres qui se commettent journellement dans ses terres. Ses *Tataeinous*, ** malheureux et courbés sous le poids du travail, maudissent sa tyrannie et l'éludent par autant de supercheries dont ils peuvent s'aviser. Son fils, au contraire, chargé par elle du soin d'une autre terre plus modique, par son ingénieuse bienfaisance, a trouvé le moyen d'enrichir les siens en leur distribuant des travaux utiles à l'amélioration de son bien.[19]

Il est un de ceux que j'ai vu se mêler le plus familièrement parmi ses bons *Towtows* †) et chanter d'aussi bon cœur leurs innocentes chansons que les plus beaux airs de leurs *Héavas*. ††) Je suis à présent seul avec lui, nous avons quitté sa mère et le voisinage de Julie ; la vue de cette femme dure contristait mon âme. Je ne puis oublier la scène du bouquet et, quoique je la trouve belle encore, je doute que je sois jamais tenté de lui offrir l'hommage qu'elle paraît désirer.

---

* *Earraées* nom des Seigneurs tahitiens.

** Paysans tahitiens ou plutôt vassaux.

† Nom des gens du commun de Tahiti.

†† Pièces de théâtre.

Dût-elle être la première femme qui essuyât de moi un refus, j'en demande pardon à *Eatoua,* mais tout mon être se révolte à l'idée de sa méchanceté.

LETTRE XIX.
ZEÏR À ZULICA.

La douce paix rentre dans mon âme avec l'air pur que je respire, l'innocence et les plaisirs m'environnent, si je te possédais ma Zulica, je me croirais encore à Tahiti. Madame de St. Val a consenti à mon départ, à ce que je crois pour m'éloigner de sa fille ; nous sommes seuls, St. Val et moi, dans cette petite terre dont je t'ai parlé. Le climat est moins brûlant et le sol plus fertile que dans la province que j'ai quittée, * c'est le même caractère dans les habitants ; mais les femmes sont plus jolies, le langage plus doux et le patois du peuple est un jargon charmant auquel je trouve plus de mollesse qu'au Français. Les Languedociens ont des chansons délicieuses dans cette langue et leurs femmes ont toutes des gosiers divins. **

Elles sont généralement brunes comme les Tahitiennes ; mais elles ont la peau incomparablement plus belle que les Provençales, qui, en cela, ressemblent plus à nos femmes, leur vivacité a je ne sais quoi de tendre que je n'ai point trouvé dans la pétulance marseillaise, quoique les deux Provinces se touchent. Tout diffère, jusqu'à la parure des femmes, que je trouve plus élégantes : je parle de celles du peuple, car les *Tedouas* †) se mettent également par tout le royaume. En vérité, je suis enchanté des Languedociennes, mais malheureusement St. Val a le désolant caprice de m'interdire le commerce de ces jolies *paysannes,* c'est le nom qu'on donne en France aux habitantes des campagnes, avec autant de sévérité qu'il a contrarié mon goût pour Julie.

Les *Tédouas,* dit-il, ont mille moyens pour couvrir ou réparer ces tendres complaisances qu'on est convenu de regarder ici comme autant de tâches à la vie d'une femme ; tandis que les paysannes n'ont d'autre bien dans leur pauvreté que cette ignorance du plaisir que les

---

* Il quittait la Provence et il était alors en Languedoc.

** Les femmes languedociennes sont les plus agréables chanteuses de France.

† Femmes de condition.

Françaises nomment du mot générique de *vertu* et qui paraît suppléer pour elles à toutes les autres.

Admire la force des premières impressions que nous recevons dans notre enfance. St. Val pense comme moi sur l'article de l'amour, il me l'a dit et sa conduite me l'a cent fois prouvé, cependant il se prive d'une foule de plaisirs, et s'impose mille privations pénibles par respect pour une chimère.

Cet homme si raisonnable, si sensé, n'en est pas moins soumis à des opinions qu'il méprise ! Quant à moi je suis résolu à suivre ses avis et peut-être à fuir l'amour tant que j'habiterai ces contrées. Ton image, ma Zulica, cette image adorée, suffira à mon cœur et désormais je veux borner mes plaisirs à l'espoir de te revoir.

Je relirai tes lettres, elles me serviront de préservatif contre les périls qui me menacent. St. Val, à qui j'ai communiqué la dernière, a été étonné qu'une Tahitienne puisse s'exprimer aussi facilement dans une langue étrangère, mais ce qui m'a un peu humilié, c'est qu'il a paru encore plus surpris de la netteté et de la justesse des idées que de la pureté du langage.

Un des défauts de ce peuple est d'être trop prévenu en faveur de lui-même ; à entendre le Français, il n'y a que lui dans l'univers qui a saisi la vraie manière d'être ; ils vous disent cela avec un ton d'assurance qui le persuade à ceux-mêmes qui sont les plus intéressés à le nier. Leurs voisins paraissent le croire car ils les imitent en tout.

Il faut convenir que ces airs de suffisance sont accompagnés de qualités si aimables qu'on leur pardonne ces légers ridicules presque sans s'en apercevoir.

St. Val, qui pourtant est de meilleure foi sur les défauts de sa nation, m'a dit que les autres Européens avaient des genres de ridicules à eux encore moins supportables et par dessus celui de copier les Français. Il m'assure que ce goût gagne et qu'aujourd'hui chaque peuple à force de vouloir imiter son voisin n'est plus rien par lui-même.

Béni soit cent fois l'éloignement de nos climats qui nous a permis de conserver nos saintes coutumes dans leur primitive simplicité, car je pense avec toi que nous sommes justement dans l'état où il faut demeurer pour être heureux.

Si trop d'ignorance en nous privant des commodités de la vie est nuisible aux plaisirs, trop de savoir l'est à coup sûr au bonheur. J'en juge par les gens qui m'entourent : je n'ai vu ici la joie naïve et les signes de la félicité que dans la dernière classe du peuple, parmi ceux qui sont ignorants par état. J'ai questionné les autres, je n'en ai pas trouvé un seul qui s'avouât parfaitement heureux.

Si ma mère mourait, me disait, il y a quelque temps un *petit maître* ; c'est une espèce d'homme qui paraît tenir le milieu entre les deux sexes, je serais le plus heureux des hommes, je vendrais tout ce que je possède dans la province, j'achèterais un marquisat, car il faut un titre dans le monde, et j'irais à Paris mener une vie divine, mais la vieille bonne femme avec les ménagements qu'elle prend pour sa santé vivra encore dix ans.

Je regardai cet homme avec mépris et, m'avançant vers un autre qui paraissait l'écouter avec le même sentiment, je lui demandai ce que c'était que cette légère figure. C'est, me répondit l'homme raisonnable, un fat ambitieux qui foule aux pieds les vrais biens et se croit malheureux parce qu'une mère sage l'empêche de courir à sa perte, l'insensé, il néglige les seuls moyens d'être heureux. Frappé de ses paroles et du ton avec lequel elles avaient été prononcées, je ne doutai point que cet homme si sage ne fût heureux et je le lui demandai avec empressement ; comment, Monsieur, me dit-il, est-ce que vous ignorez que je viens de publier un livre qui a pour titre *du bonheur* et pour but de rendre tous les hommes heureux ; c'est la fleur des plus excellentes maximes de l'Antiquité, car je me flatte de posséder mon *Epictète* mieux que personne et je travaille aujourd'hui à mettre en latin les meilleurs auteurs français.

Je suis étranger, lui répondis-je, je n'ai point lu Epictète, mais vous m'obligeriez de me prêter votre ouvrage. Volontiers, me dit-il en tirant le livre de sa poche, je l'ouvris et il se mit en devoir de m'en faire remarquer les plus beaux endroits.

Un jeune homme qui nous observait riait malicieusement, et d'un air de finesse qui me donna envie de l'interroger à son tour. De quoi riez vous ? lui demandais-je en m'aprochant de son oreille. Du plaisir que vous venez de faire à ce pauvre auteur, me dit-il, en lui demandant un ouvrage dont personne ne veut et qu'il vient de se ruiner pour faire imprimer.

Comment, repris-je avec étonnement, cet homme qui veut enseigner aux autres l'art d'être heureux ne l'est pas lui-même ? Voulez-vous le savoir, répliqua le jeune homme ? remettez-le sur le chapitre de son ouvrage, vous aurez le plaisir de lui voir distiller son fiel contre le genre humain.

Quelques phrases du livre et l'art soucieux de l'auteur m'avaient fait passer l'envie de le questionner quand, se rapprochant, il m'en fournit l'occasion pour ainsi dire malgré moi. Eh bien Monsieur, me dit-il, comment trouvez-vous ce style ? Cela n'est-il pas bien frappé ? L'amour de l'étude, le mépris des richesses, les dangers de la volupté— j'oserais presque dire que ces trois chapitres sont des chefs d'œuvres. Tâchez en les lisant d'entrer dans mon sens, de vous pénétrer de mes idées, je suis sûr que vous en serez ravi. L'on n'écrit plus comme cela aujourd'hui, tous nos auteurs modernes se sont gâté le goût : la belle Antiquité est négligée, l'on ne fait plus que des brochures licencieuses qui corrompent le cœur et énervent l'esprit. Diriez-vous qu'il ne s'est pas vendu un seul exemplaire de mon ouvrage ; c'est une chose affreuse — mais j'ai une satire toute prête qui doit me venger de mon siècle, c'est un morceau de poésie achevée et justement dans le goût de Juvénal. Le preférez-vous à Perse ou bien aimez-vous mieux Martial ?

En vérité, lui dis-je, je ne connais pas même ces noms-là. Eh, qu'avez-vous donc lu, me demanda avec mépris mon savant discoureur, est-ce que vous ne parleriez pas latin ? Non, Monsieur, répondis-je en baissant le ton. En ce cas, ajouta-t-il avec dédain, vous n'aviez que faire de me questionner. En finissant ces mots, il me tourna le dos assez brusquement ; en ce moment, un homme d'une figure aimable, que sa blonde chevelure éparse avec grâce sur ses épaules me fit reconnaître pour un de ceux auxquels l'administration de la justice est confiée, * s'offrit à ma vue. L'air d'aménité repandue sur toute sa personne, je ne sais quoi d'obligeant dans ses manières m'engagea à m'approcher de lui, encore affecté de l'impolitesse de mon savant, je lui demandai ce que c'était que cet auteur qui paraissait si enorgueilli de sa science ?

C'est un fou, me dit-il, inutile à l'Etat, et à charge aux Grands qu'il assomme de ses fades productions ; il s'imagine que la cour lui doit de grandes récompenses quand il a chanté des actions que d'autres ont faites : qui s'occupera de lui quand on laisse dans l'oubli de dignes magistrats qui ont exposé leur vie et sacrifié leur fortune pour soutenir la cause du peuple, dont ils sont les pères ** ?

Il ne me convient pas de me citer, mais j'étais avocat général du parlement de — — j'ai perdu ma place pour ne pas me souiller d'une lâcheté et vous me voyez prêt à porter ma tête sur un échafaud plutôt

---

* Les conseillers au parlement portent en France les cheveux épars sur les épaules.

** Les parlements sont en France les représentants du peuple.

que de me déshonorer par une basse condescendance aux volontés de la cour. Voilà, j'ose le dire, ceux qu'il faudrait récompenser.

La fermeté du jeune magistrat me plut et, quoique je n'eusse que trop de sujet de voir par la vivacité de ses discours qu'il était plus content de lui que de son sort, j'admirai cette fierté mâle qui l'avait porté à sacrifier sa fortune à la douce idée de faire son devoir dans un pays où la fortune est tout.

Tel est le propre de la force d'âme qu'elle en impose avant qu'on sache si l'action qu'elle nous porte à commettre est juste ou non.

Je réfléchissais à cela quand j'aperçus de nouveau celui qui avait ri de mon premier dialogue avec l'incivil auteur, je le joignis, et la tête encore pleine de ce que venait de me dire le magistrat, je lui avouai que j'étais frappé de son courage héroïque et de la grandeur d'âme qu'il denotait. Bon, me dit l'officier, car c'en était un, appelez-vous cet entêtement grandeur d'âme ? Il faut obéir à ses maîtres quand on n'a pas eu le bonheur de naître libre et garder sa fermeté pour combattre leurs ennemis. Le plus grand capitaine que la France ait produit * ne s'est jamais consolé d'avoir été rebelle à son roi et trente-cinq ans de repentir et de gloire n'ont point lavé sa vie de cette tâche ineffaçable.

Croyez-moi, cette révolution n'en imposera qu'aux étrangers qui ne peuvent pénétrer les raisons secrètes de cette opiniâtre résistance dont l'interêt des peuples n'est que le prétexte et l'ambition des particuliers le motif. Ils admireront l'union de ces corps réunis pour la cause commune parce qu'ils ignoreront les menées sourdes, les intrigues basses que les chefs ont mises en œuvre pour exalter les jeunes têtes et les attacher à leur parti.

Pourquoi se révolte-t-on contre la prétendue bassesse attachée au paiement que le roi affecte aux nouveaux magistrats afin qu'ils rendent la justice gratis ? c'est qu'il était plus doux de taxer soi-même ses honoraires et de juger au poids des facultés des clients.

Sur quoi serait fondée cette fausse délicatesse, un officier par sa naissance et ses services ne vaut-t-il pas bien un magistrat ? Le sang qu'il verse pour sa patrie n'est-il pas aussi précieux que quelques discours qui ne sont pas toujours prononcés en faveur de l'innocence ?

Cependant on nous paie et nous n'en rougissons point, souvent on nous oublie et le prix de quarante ans de travaux est une vieillesse misérable.

---

* Le grand Condé.

En sommes-nous moins zélés pour notre souverain ? Quel est l'homme de cœur qui ait refusé de suivre ses drapeaux, quelque mécontentement particulier qu'il ait pu avoir, voilà le véritable honneur. Chaque état a ses vertus ; quelque sublime que soient peut-être ces caractères inflexibles, ils sont dangereux et punissables dans une monarchie.

Les parlements ne plieront point aujourd'hui parce que le ministère est trop faible et l'autorité royale se conservera en dépit des parlementaires parce que, dans le fait, il importe peu au peuple destiné à être gouverné que les parlements aient plus d'autorité que le roi, ou le roi plus que les parlements ; mais seulement que l'une de ces deux autorités ne puisse anéantir l'autre ; afin que, mutuellement occupées, elles n'emploient point un loisir dangereux à fouler ces peuples, aujoud'hui prétexte de ces divisions.

J'avais écouté l'officier avec attention et je penchais de son côté malgré ma prévention pour le magistrat, quand je m'avisai de lui demander s'il était heureux.

Comment le serais-je, me répondit-il avec vivacité ? J'ai vu dix de mes camarades passer devant moi, parce qu'un frère inhumain m'a refusé les moyens d'acheter de l'avancement. Plusieurs blessures dangereuses m'ont déjà fait craindre de mourir avant d'avoir eu l'occasion de me distinguer. Mais, n'importe, mon sang est à ma patrie, et mon cœur à mon souverain malgré son ingratitude.

J'admirai la façon de penser de ce brave Français, et je conclus que je ne trouverais pas moins de mécontents dans les autres classes de l'Etat puisqu'on laissait dans l'oubli et la misère un sujet si zélé. Je le quittai en lui témoignant ce que je pensais, il me remercia avec une sensibilité qui me fit bien augurer de la bonté de son cœur et de la vérité de ce qu'il venait de me dire. J'ai eu depuis l'occasion d'interroger beaucoup d'autres gens qui ne m'ont pas paru plus heureux, je serais tenté de croire que l'inquiétude et le malaise sont des propriétés du climat. Malgré cela, un charme secret m'y attache, j'aime ces belles contrées et je les préfererais je crois à Tahiti, si tu n'y étais encore.

Lettre XX.
Zulica à Zeïr.

J'ai reçu tes dernières lettres, mon bien aimé et un instant de joie s'est fait sentir à mon âme en apprenant que la tranquillité est rentrée dans la tienne ; mais, par une bizarrerie inconcevable du sort qui nous poursuit, il semble que mes maux augmentent à mesure que les tiens diminuent.

Au chagrin de t'avoir perdu se joignent mille désagréments dont j'ai négligé de t'instruire, espérant que mon sort changerait, et ne voulant pas ajouter à tes malheurs le récit des miens. Cependant le danger augmente et dans ce péril pressant, chère âme de ma vie, je ne puis m'adresser qu'à toi pour me donner les avis qui me sont nécessaires.

Tu te souviens peut-être, Zeïr, du cruel désastre dont je t'instruisis quelque temps après ton départ et des violences auxquelles les Français se portèrent envers nos paisibles concitoyens.

Nous n'avons fait depuis que changer de tyrans ; les Anglais, ceux-mêmes que nous avons recueillis dans notre île après leur naufrage, autorisés par ce premier exemple de violence ou plutôt par leur férocité naturelle, ont tenté de renouveler ces scènes d'horreur : leur chef épris de mes faibles charmes a voulu s'autoriser des usages de Tahiti pour me forcer à me donner à lui : mes larmes, ma répugnance, le serment que je t'ai fait et que je lui ai allégué, mes continuels et humiliants refus, rien n'a pu rebuter sa folle passion ; ma résistance a irrité ses désirs au point qu'il m'a fait les plus effrayantes menaces.

Nos chefs épouvantés ont traité ma résolution de caprice et m'ont durement reproché les malheurs de mes compatriotes. Tout le monde me blâme et m'abandonne, mes compagnes me raillent, mes persécuteurs m'effraient ; mais un sentiment vainqueur de toutes nos lois me fait trouver de la raison et de la justice dans ma fermeté. Cependant, que de temps s'écoulera avant que je puisse avoir ta réponse ! que d'outrages n'aurai-je peut-être pas éprouvés jusque-là ! — — Ah Zeïr ! quoi qu'il m'arrive, rien ne pourra détacher mon âme de la tienne, ce sentiment qui me fait vivre est indépendant du sort et de mes ennemis.

Lettre XXI
Zulica à Zeïr.

C'en est fait Zeïr, la malheureuse Zulica est devenue la proie d'un monstre : ni mes cris, ni mes larmes n'ont pu toucher mes barbares compatriotes, mon innocence n'a pu me sauver de l'artifice.

Les Tahitiens ont violé envers moi toutes les lois de l'humanité, j'ai été traînée de force dans la tente de ce farouche Européen et, par un excès de lâcheté que tu auras peine à concevoir, l'on m'a pour jamais livrée à cet odieux tyran.

Je n'ai plus d'amis, plus de parents, plus de patrie ; en un mot je ne m'appartiens plus ; ah Zeïr ! je suis toujours à toi ; dans les fers de mon persécuteur, mon âme ne subit point le joug qu'on ose lui imposer.

Ô, qui viendra désormais à mon secours, quand mes plus chers amis m'ont abandonnée... trahie ! Toi seul qui m'aimes encore, que ne peux-tu savoir ce que je souffre ? pourquoi m'as-tu quittée ? Tu m'aurais défendue, ou l'on ne m'eût arrachée que morte de tes bras.

Que deviendras-tu quand tu apprendras mes malheurs ? Où serais-je peut-être moi-même ? Le cruel Johnston se prépare à quitter cette île barbare, il a payé ma liberté d'une partie de ses dangereux trésors et mes lâches compatriotes, séduits par de faux biens, s'applaudissent de leur trahison.[20]

Ne reviens plus dans cette île malheureuse, tous les vices des Européens y sont entrés avec eux : la bonne foi, le désintéressement en sont bannis ; la débauche a pris la place de l'amour et nos Dieux irrités en ont retiré les plaisirs.

C'est peut-être la dernière lettre de moi qui te parviendra — j'ignore où l'on va me conduire, je n'aurai plus la douceur de t'écrire, je ne recevrai plus tes lettres, tout m'est ravi à la fois, mais mon amour me reste. Crois que tout ce qu'il peut, je le tenterai pour me réunir à toi, ou que dans quelque coin du monde que j'achève de vivre, le dernier battement de mon cœur sera pour celui qui eut son premier soupir.

Lettre XXII.
Zeïr à St. Val.

Nous voici dans cette ville brillante, dont je ne m'étais fait qu'une imparfaite idée. Mon âme, cher St. Val, a peine à se rendre compte des divers mouvements qui l'agitent. Promenades, spectacles, cercles, je voudrais pouvoir tout parcourir à la fois ; un enchantement perpétuel me fait douter si je dors ou si je veille, ce tumulte en fatiguant mes yeux commence à plaire à mon cœur, vous me manquez cependant, cher ami, et au milieu du tourbillon qui m'entraîne, je regrette nos doux entretiens de T..., nos promenades champêtres, mais surtout la présence de l'ami qui les embellissait. Après cet aveu sincère, il faut que je vous en fasse un autre qui me coûte sans en savoir trop le motif. De mes jours, je ne me sentis si ravi, si transporté que je le suis de tout ce que je vois ici. Le Comte de Brunoi rit de mon embarras et de ma simplicité tandis que je ne m'accoutume point à l'air d'indifférence, d'ennui même qu'il conserve au milieu de ces scènes d'enchantement.

Vous-même, mon ami, vous ne m'aviez pas parlé de Paris avec l'enthousiasme qu'il doit inspirer, c'est ici vraiment le centre de cette politesse que j'adore dans les Français. Quelle honnêteté dans leurs manières, quelle bienveillance dans leurs discours ! Et les femmes, ah St. Val, dites-moi donc si l'on a réuni tout ce qu'il y en a d'adorable dans le royaume pour en faire l'ornement de la capitale ?

J'ai vu de belles femmes à Tahiti, j'en ai vu de ravissantes dans votre Province, mais nulle part qui approchassent des Parisiennes. Outre qu'elles me paraissent toutes dans la première jeunesse, elles ont des grâces qui vous ravissent avant d'avoir songé à examiner si elles étaient belles.

La seule chose qui me répugne un peu, c'est l'usage où l'on est ici de faire de la nuit le jour. J'aime la lumière du soleil et il me semble que ces femmes que je n'ai vues qu'aux bougies seraient cent fois plus belles au grand jour qui ne déroberait à la vue rien de leur fraîcheur. La fleur nouvellement éclose n'est jamais plus belle qu'aux premiers rayons du jour. *

Adieu, mon cher St. Val, mille affaires m'empêchent de vous écrire plus longtemps, mais rien ne peut m'empêcher de dire et de sentir que vous êtes l'ami que j'aime le mieux au monde.

Lettre XXIII.
St. Val à Zeïr.

Je reconnais à vos expressions, mon cher Zeïr, l'enthousiasme d'une imagination ardente qui embellit tout ce qu'elle touche en prêtant aux objets qui la frappent le charme qui est en elle.

J'ai senti comme vous cette espèce de délire, les plaisirs de Paris ont séduit mon âme, comme ils enchantent la vôtre, mais l'illusion n'a

---

* O bon Zeïr ! crains ces enchanteresses dont les cœurs sont aussi fardés que leurs visages.

pas duré, heureusement que le charme a cessé avant qu'il ne pût me devenir funeste. L'amitié me donne le droit de vous avertir du danger et ma propre expérience m'en fournit les moyens.

Il m'est aisé d'apercevoir que Paris ne vous a frappé que par le côté qui devait le moins mériter votre attention. Votre jeunesse et votre inexpérience vous ont abusé et vous n'avez saisi dans le monde nouveau qui vient d'être offert à vos regards que ce qui devait exciter votre mépris et ce qui tôt ou tard produira en vous le degoût.

Paris a des charmes, Zeïr, j'en suis peut-être plus convaincu que vous ; il est le centre de l'esprit, des talents, de la politesse et surtout des grâces ; mais, en revanche, il est le tombeau des mœurs, et de presque toutes les vertus ; devoir, honneur, génie, tout y est moqué, ridiculisé par des hommes persifleurs qui sont profession de ne rien être, et tiennent parole.

Depuis la cour jusqu'à la bourgeoisie, vous trouverez une différence totale dans la manière de penser de ces Français que vous aimiez dans nos Provinces. Tout parlera à vos sens, tout amusera votre esprit, rien n'intéressera votre âme jusqu'à ce que votre cœur blasé surtout revienne enfin aux vraies sources du bonheur.

J'ai peine à me résoudre au rôle que je fais : votre âge demande une morale moins sèche et mon goût me porte encore moins à devenir le précepteur de mon ami. Si j'étais avec vous, si je pouvais ou prévoir le péril ou vous y arracher, vous me trouveriez moins sévère, mais votre caractère m'effraie. C'en est fait de vous, Zeïr, si vous vous livrez sans guider au torrent qui va vous entraîner.

Le Comte de Brunoi, obligé par état de vivre à la cour, précipitera votre ruine par les sociétés qu'il vous donnera et que peut-être vous devez cultiver pour l'avancement de votre fortune.

Que pouvez-vous, Zeïr, contre la séduction de l'exemple si votre cœur vous trahit et prend pour le bonheur ce qui n'en est que l'ombre ?

Les femmes contribueront à vous perdre : c'est à présent plus que jamais que vous allez retrouver la facilité tahitienne avec cette différence que la bonne foi et l'amour seront bannis de ses intrigues.

Peut-être aussi m'effrayé-je inutilement, peut-être ces plaisirs faits sans doute pour flatter vos sens ne produiront sur vous d'autre effet que d'amuser votre jeunesse en vous formant aux usages de notre nation. Si, maître de vous, vous savez les goûter modérement,et séparer le danger de ce qu'ils ont d'agréable, votre temps ne sera point inutilement employé et vous acquerrez dans un an à Paris, ces grâces, cette aisance et cette amabilité, qu'on étudie en vain ailleurs.

Soyez en garde contre vous-même dans le choix de vos sociétés ; croyez peu ou point aux promesses des gens de cour et ne vous livrez jamais à eux, soyez poli, complaisant, sans être rampant, ni souple ; et souvenez-vous que si l'on peut trouver des protecteurs dans cette classe, jamais l'on n'y trouve des amis.

Poli jusqu'à l'excès avec les étrangers, le courtisan français ne se défait jamais avec eux d'un certain ton de supériorité que la bonne opinion de lui-même et l'extrême splendeur de la cour à laquelle il vit nécessite. C'est un petit dédommagement de la souplesse à laquelle il est obligé envers son maître.

Heureux Zeïr, vous êtes d'un pays où point d'ambition et peu de besoins ne laissent à l'homme ni l'envie ni la nécessité de s'informer dans quel rang le ciel l'a fait naître * ; une convention autorisée par un long usage a séparé chez nous les conditions ; l'adresse, quelquefois le mérite, et souvent la fraude ont inégalisé les fortunes ; ces distinctions différentes vous préparent un genre d'humiliation qui, pour être injuste, n'en serait pas moins douloureux. Je ne vous crois pas assez philosophe pour vous voir de sang froid toujours le dernier de tous et, qui pis est, dépendant des autres.

Vous auriez beau me répéter que, nourri dans d'autres principes, vous ne sentiriez pas cette fausse honte qui fait rougir chez nous celui qui n'a rien de recevoir sa subsistance de celui qui a beaucoup. L'opinion publique fait loi dans un état policé : ce qui est généralement méprisé, est réellement méprisable et tous nos préjugés tiennent à des vertus.

Le plus laborieux fut d'abord le plus riche et, le travail étant utile, la paresse fut regardée comme un vice et la pauvreté méprisée comme en étant la preuve. L'origine des fortunes a bien changé, mais le préjugé subsiste.

Mille préjugés nouveaux se sont joints à celui-là et vous prescrivent un choix dans le genre d'état que vous devez embrasser. Résolu à vous fixer en France, le service est le plus facile, celui dont l'apprentissage vous coûtera le moins de peines, enfin c'est le chemin de l'honneur.

Les premières distinctions furent accordées au courage, à la valeur dans les combats ou à la sagesse dans les conseils ; les talents et les vertus peuvent encore mener à tout chez nous et la prétendue

---

* Il se trompe, il y a distinction de rang à Taïti.

philosophie qui fait mépriser des distinctions toujours précieuses quand on les doit à son mérite n'est point sagesse ; c'est folie ou bassesse d'âme.

Vous m'avez toujours paru porté à prendre le parti des armes mais je crains que la dissipation à laquelle je vous vois livré ne vous entraîne et vous fasse perdre un temps précieux.

Réfléchissez, mon ami, sur ce que je viens de vous dire et répondez-moi avec franchise. Quand je vous verrai occupé de quelque chose, je craindrai moins pour vous des plaisirs dont l'excès seul deviendrait condamnable. Je n'ai point encore de lettres de Zulica, puisse le souvenir de cette aimable fille vous sauver de celles de son sexe. Adieu, j'attendrai votre réponse avec une mortelle impatience.

LETTRE XXIV.
ZEÏR À ST. VAL.

*Il y a un assez long intervalle entre chaque
lettre de Zeïr à son Ami.*

Le plaisir, cher St. Val, m'a créé une nouvelle âme, je n'existe que depuis que je suis ici. Paris est le temple du Dieu que je sers, et c'est vraiment ici que j'ai retrouvé les mœurs tahitiennes à quelques modifications près. Pourquoi votre désolante amitié se fait-elle un jeu cruel d'empoisonner ces doux instants ?

Ne saurait-on sans crime être heureux chez vous et le bonheur ne vous y est-il offert sous des formes si séduisantes que pour le fouler aux pieds ?

Comme je jouissais à Tahiti d'un ciel pur, des dons d'un sol fertile et des tendres empressements d'une compagne charmante, je veux jouir à Paris de tous les biens que les dieux m'y envoient.

L'amour m'offre ses plus douces faveurs, l'amitié me présente un appui et la bienveillance de tous ceux qui m'entourent me promet des ressources assurées. Que craindrais-je pour l'avenir ? Cependant, pour me conformer à vos idées, et ne pas me trouver dans la dépendance de ces hommes que vous m'avez dépeints tout autrement que je ne les trouve, j'acquiesce à la proposition que vous me faites pour ne point être à charge à l'Etat que j'ai adopté pour ma patrie.

Le parti des armes est celui effectivement qui convient le plus à mon caractère et puisque vous paraissez désirer que je m'y fixe, mandez-moi à quelles études il faut m'appliquer, vous me trouverez docile à vos avis ; mais en revanche défaites-vous un peu de cette humeur austère qui vous fait vous priver des plus doux plaisirs par un certain enthousiasme de vertu que j'admire malgré moi, mais que j'ai vu peu imiter dans votre pays-même.

Que n'êtes-vous ici, mon Ami ! Toute votre sagesse ne tiendrait pas contre les objets séducteurs qui nous environnent. Le Comte paraît rajeuni de dix ans. Pour moi, ne me demandez ni ce que je fais, ni ce qui m'agite ; car je cours comme insensé d'un objet à l'autre sans pouvoir me fixer ; chaque divers spectacle me cause une émotion différente ; chaque femme que je vois semble me demander une adoration ; mes regards diversement attirés ne savent où se fixer ; enfin le plus grand de mes embarras aujourd'hui est de me trouver trop de bonheur à la fois.

Je vois ici cent jeunes gens aussi fortunés que moi qui n'ont pas l'air aussi embarrassé de leur personne et qui soutiennent leur félicité avec une aisance que j'envie : on dit que quelque temps de séjour dans la capitale me donnera de même la facilité de me prêter à tous ces plaisirs sans en être accablé.

Bien loin, mon Ami, de penser comme vous au sujet des connaissances que m'a procurées le Comte de Brunoi, je suis persuadé que ces nouveaux amis que j'acquiers pourront un jour être très utiles à mon avancement. Il n'en est pas un qui ne m'ait offert ses bons offices auprès du Roi et je crois que ce serait le cas de me servir de leur médiation pour obtenir du service.

J'ai déjà fait quelques liaisons charmantes dans cette classe et soit que votre société, cher St. Val, m'ait accoutumé à vivre avec les plus aimables hommes de votre nation, ou que l'on ait de l'indulgence pour ma qualité d'étranger, il me semble que je suis avec eux aussi à mon aise que si j'y avais passé ma vie.

Les femmes, contentes sans doute de l'expression vraie de mes regards et des éloges naïfs que l'enthousiasme m'arrache, paraissent encore me voir avec plus de bienveillance et leurs yeux me paient toujours de ce que les miens leur adressent.

Mon empressement général pour toutes celles qui sont jolies,[21] et en vérité elles me le semblent toutes, pique leur amour-propre et les rend jalouses de me fixer ; c'est le contraire de chez nous, où les femmes sont plus tendres que vaines. Malgré cela, je suis flatté de me trouver l'objet de tant de vœux... A propos, n'avez-vous point encore de lettres pour moi ? Le silence de Zulica m'inquiète. Depuis les dernières nouvelles que j'ai reçues d'elle et dont je vous fis part lorsque j'étais encore chez vous, je crains qu'elle n'ait succombé au chagrin : j'avoue que, malgré la dissipation où je vis, cette idée vient quelque fois troubler mes plaisirs. Adieu, cher Ami, je vous quitte pour joindre le Marquis de Sénac, nous avons pour ce soir une partie charmante ; il m'a pris sous sa protection et j'espère que bientôt je serai défait par son secours de cet air gauche que vous m'avez vous-même reproché.

Lettre XXV.
Zeïr à St. Val.

Dites encore, mon bon Ami, que Paris est le pays de l'illusion et reprochez-moi mon faible pour les femmes ? Ou plutôt voyez l'heureux Zeïr malgré vos sinistres prédictions parvenu à un état honnête et sûr par les bontés d'une femme adorable.

L'amitié du Comte de Brunoi, le témoignage qu'il a rendu que j'étais fils d'un des premiers chefs de notre île n'a pas peu contribué à lever les difficultés qu'a rencontrées la Duchesse de Mimieure dans l'exécution de son obligeant dessein. Mais enfin c'est à elle que je dois tout : crédit, dépense, elle n'a rien épargné et je viens par ses soins d'obtenir une compagnie. Depuis cette étrange révolution de ma fortune, mes protecteurs semblent être devenus mes égaux et il ne tient qu'à moi de protéger à mon tour ceux qui sont restés au-dessous de moi.

Il me semble qu'il en va assez généralement ainsi dans votre France et qu'il y a un mouvement continuel qui porte au haut de la roue ceux qui étaient en bas et fait également redescendre les autres.

Ce jeu du sort me paraît assez juste pour rétablir l'équilibre que vos conventions ont détruit.

Quoiqu'il en soit, me voilà en haut de cette roue, sans qu'il m'en ait coûté un quart d'heure de souci ; il y a plus, c'est que j'aurais payé de toute ma fortune présente les plaisirs qui m'y ont conduit. C'est ce qui s'appelle être plus heureux que sage, me direz-vous peut-être ? N'importe, je commence à croire que le bonheur vaut mieux que la sagesse, ou qu'il en est la preuve.

La Duchesse de Mimieure, quoiqu'elle ne soit plus dans la première jeunesse, a conservé assez de fraîcheur pour donner de l'éclat aux plus beaux traits qui aient jamais existé : à beaucoup de grâces naturelles, elle joint toutes celles que l'art de la coquetterie sait ajouter au charme d'un joli visage et ce talent difficile d'être belle de cent manières différentes qu'on peut justement appeler la magie de la beauté.

Le premier jour que je la vis, toutes mes incertitudes furent fixées ; toutes les femmes qui commençaient à m'intéresser ne furent plus rien à mes yeux : cependant, malgré mon attention à l'examiner ,* j'eus le dépit de voir qu'elle ne s'était pas aperçue de l'impression qu'elle avait faite sur moi, il ne me parut pas même qu'elle m'eût remarqué. Je rêvais le lendemain à elle, cette indifférence qui ne laissait pas que de mortifier ma vanité, lorsque je reçus un billet de sa part qui m'ordonnait de me rendre chez elle.

Un pressentiment de mon bonheur me fit encore devancer l'heure qui m'était prescrite, je fus introduit mystérieusement jusqu'à son appartement, elle était encore dans son lit : un demi-jour, des parfums délicieux, un désordre enchanteur, tout excitait et semblait autoriser cette heureuse témérité dont on fait une vertu dans mon pays et un crime dans le vôtre. Docile aux mouvements de mon cœur, j'osai dans cet instant être Tahitien et la Duchesse ne parut pas s'en offenser.

Cependant, par un retour que je ne puis accorder avec la franchise qu'elle m'avait montrée, elle me fit quelques reproches de ma hardiesse, je m'excusai sur nos mœurs, elle ne fut pas satisfaite, j'alléguai l'excès de mon amour et bientôt, à l'abri de cette nouvelle excuse, je trouvai le moyen de me rendre plus coupable et, de faute en faute, je parvins à les faire toutes pardonner.

Ce fut alors que la Duchesse me parla de ma fortune et des projets qu'elle avait sur moi. Lui ayant dit mon goût pour le service, elle l'approuva. J'ai remarqué que les femmes aiment le courage, je ne sais si c'est par un sentiment de leur faiblesse ou par les qualités qu'il suppose.

Ma généreuse maîtresse, voulant que dès lors je fusse en état de figurer dans le monde, me força d'accepter une somme d'argent considérable, quoique je l'assurasse que le Comte de Brunoi avait

---

* A l'examiner ! Ah Zeïr, examine-t-on ce qu'on aime !

jusqu'ici, et comme un père tendre, fourni à mes besoins. Elle insista si absolument que je fus forcé de céder.

J'acceptai ses dons en silence ; mais ayant aperçu sur sa toilette son portrait : ah Madame, lui dis-je en le portant à mes lèvres, de tous vos bienfaits voilà celui qui me serait le plus précieux, daignez me l'accorder pour prix de ma soumission à recevoir les autres.

Doucement, Zeïr, me dit la Duchesse en riant, un portrait donné n'est pas une si petite affaire : qui me répondrait de votre discrétion ? — Méritez ce portrait, peut-être serais-je un jour assez bonne pour l'accorder à vos désirs.

Quoique ce refus me parut un caprice après ce qu'elle m'avait accordé, je n'osai la presser davantage dans cet instant. Je l'ai obtenu depuis et vous pourrez quelque jour juger de la beauté de l'original par celle de cette imparfaite copie.

Je continue de voir assidûment la Duchesse de Mimieure, mais toujours avec le même mystère, ce qui me fait soupçonner quelque autre intelligence qu'elle croit avoir intérêt de me cacher. C'est aujourd'hui de ma part une simple liaison de reconnaissance qui me laisse toute ma liberté. Cependant, comme la condition expresse qu'elle met à ses bontés est de renoncer à celle de toutes autres femmes, je suis forcé d'user de mystère dans mes intrigues, c'est un nouveau raffinement de plaisir dont je lui ai l'obligation. Je ne vois pas que ses sociétés et les transports que sa beauté m'inspire l'empêchent d'imaginer qu'elle n'en est pas le seul objet.

Je partirai dans quelques jours pour mon régiment mais mon absence ne sera pas longue, je reviendrai bientôt dans ce lieu de délices, qu'on m'assure que je ne connais pas encore. L'argent que la Duchesse me fournit m'a donné le moyen de lier mille connaissances délicieuses, et de jouir de cent plaisirs qu'on ne se peut procurer sans ce métal si nécessaire.

Adieu, mon Ami, j'achève à la hâte, car j'ai mille parties arrangées pour aujourd'hui, j'ai promis en étourdi à trois femmes pour la même soirée — — mais bon ! on m'apporte un billet qui dérangera tout. Lisons.

Lettre XXVI.
Zeïr à St. Val.

Pour la singularité du fait il faut que je vous en fasse part. La Duchesse de Mimieure est jalouse, jalouse à la rage ; ce sont des fureurs, des menaces qui feraient frémir un sot ; mais qui ne m'épouvantent point.

La chose est plaisante ; eh ! je ne suis point jaloux moi, Madame la Duchesse, de ce grand et maigre Prince qui m'a fait me morfondre des heures entières dans votre garde-robe ; ni de cet extrait de Duc qui le remplace quelquefois ; ni de cet Officier aux gardes, qui vous console de l'un et de l'autre ; ni de cet Abbé musqué qui vous délasse de nous tous ; vous devriez bien payer tant de complaisance d'un peu de sécurité.

Je vous avoue, mon cher St. Val, que voilà une espèce de femme rare. Son goût pour les plaisirs m'avait fait espérer de retrouver encore la tolérance tahitienne, mais je vois bien qu'elle n'en use que pour son compte.

Si ce n'étaient les bienfaits que je tiens d'elle, je renoncerais dans l'instant à ses bontés : jamais je ne détestai plus la gêne et jamais je n'eus plus d'occasion de faire usage de cette précieuse liberté que ma manière de penser me fait conserver au milieu des plus vives passions. Car dans la vérité du fait j'aime la Duchesse et souvent au moment où je lui suis infidèle, mon cœur lui donne la préférence.

Cependant si vous connaissiez l'objet charmant qui m'attire ma disgrâce vous voudriez l'avoir essuyée à pareil prix.

Un seul souper a fait tout ce bruit : il est vrai que j'avais promis cette soirée à la Duchesse, mais tient-on ce qu'on promet aux femmes, quand elles n'ont plus elles-mêmes de promesse à vous faire ? * Séduit par cette maxime et par un de mes amis, qui n'aime pas la Duchesse, je me suis laissé conduire au sortir de l'opéra chez la du T... Insensiblement j'ai oublié mes engagements, et mon ami a eu la malice de ne me les rappeler que lorsqu'il n'était plus temps de les remplir : à la vérité, je n'en ai pas été bien fâché, j'espérais avec quelques précautions cacher à la Duchesse l'emploi d'une soirée que je lui avais dérobée.

---

* Il me semble que le Tahitien est déjà bien français.

Apparemment que la lui ayant fait perdre, le dépit lui a fait éclairer mes actions : elle n'a été que trop bien instruite, car je viens de recevoir d'elle un billet fulminant.

J'y vais de ce pas, et à l'aide de quelques mensonges je prétends la tromper encore longtemps. C'est un plaisir qu'elle m'a fait connaître et que je vais me donner souvent grâce à l'intérêt qu'elle prend à moi.

Tous mes amis disent que j'ai fait des progrès merveilleux dans cette *Scélératesse* si fort de mode à Paris et que les deux sexes se rendent si cordialement.

J'avais cru autrefois que l'amour était une passion : celui que j'eus pour Zulica fut longtemps l'unique sentiment de mon âme, aujourd'hui je commence à m'apercevoir que ce n'est qu'un goût plus ou moins vif, plus nécessaire à nos plaisirs qu'à notre bonheur * : tout me confirme dans cette idée, mes nouveaux amis, vos mœurs, l'exemple de vos compatriotes, enfin ma propre expérience.

Si je songe encore quelquefois à Zulica avec émotion, c'est par un mouvement involontaire, et le souvenir de mes premières amours ne s'offre plus à mon imagination que comme l'idée d'un songe qui vous a vivement affecté.

J'écarte ces images, elles contristent mon âme au milieu de ses plaisirs— Zulica sans doute a vaincu sa répugnance pour son nouvel amant, elle est heureuse, l'aimable fille autant qu'elle mérite de l'être, du moins je le désire... je ne sais trop ce que je vous écris, les reproches de la Duchesse m'ont donné de l'humeur, la comparaison de son caractère avec celui de cette fille, qui m'aima tant, réveille dans mon âme des souvenirs douloureux et je me sens prêt à reprendre toute mon ancienne imbécilité.

Cependant quand je me considère, quand je compare l'air aisé que l'on me trouve aux manières gauches et empruntées que j'avais apportées de Tahiti et dont je ne m'étais pas trop bien défait dans votre province, je ne puis m'empêcher d'admirer les changements qui se sont faits dans toute ma personne.

Je ne sais si je vous ai dit que je me servais des dons de la Duchesse pour acquérir des talents : j'ai pris des maîtres et le peu de temps dont je puis disposer est employé à m'instruire.

J'avoue même que je suis quelque fois fâché que la vie tumultueuse que je mène me laisse aussi peu de loisir : les sciences utiles feraient

---

* Quand l'amour s'éteint, le cœur se corrompt ; c'est pour cela qu'il y a si peu de vraie passion dans les grandes villes.

une partie de mes plaisirs ; en cela je suis l'exemple, j'effleure toute faute d'avoir le temps d'approfondir quelque chose.

On dit que cela suffit, je le croirais assez, si c'est surtout, comme il me parait, plus pour les autres que pour soi qu'on apprend : il me semble pourtant que ce n'est pas ainsi que vous étudiez ; que pensez vous de cela ? Je voudrais que vous fussiez ici, je vous consulterais sur mille choses que j'adopte parce que *c'est le ton,* et qui cependant ne laissent pas de m'embarrasser.

Mais je m'oublie avec vous, je ne songe pas qu'on a peut-être déjà pris cent résolutions funestes contre moi. Quel plaisir d'aller d'un coup d'œil anéantir tous les projets d'une femme vindicative et orgueilleuse, et de méditer de nouvelles perfidies au moment où je solliciterai le pardon des premières.

Eh bien, St. Val, reconnaissez-vous un compatriote, ai-je enfin saisi le caractère national ? J'adore ces femmes que je trompe et désespère, * et maître à la fois d'elles et de moi, je porte à leur sexe en général l'hommage d'un cœur qu'elles se disputent toutes. Oh ! ne craignez plus que je mette le feu à un couvent pour enlever une femme, ce sexe est ici si raisonnable que je le suis devenu à mon tour.

A propos de cela, que fait cette pauvre Julie ? avec ses chastes distinctions de l'amour animal d'avec l'amour spirituel ? La Duchesse de Mimieure a pour le moins autant d'horreur que moi pour ce dernier amour et les femmes d'ici ne lui ressemblent pas mal sur cet article.

Il y a un assez long intervalle entre cette lettre et la réponse de St. Val.

Lettre XXVII.
St. Val à Zeïr.

J'arrive d'un petit voyage et je reçois vos deux lettres qui me pénètrent à la fois de joie et de tristesse.

En me réjouissant de votre fortune, je ne puis m'empêcher de m'affliger de la voie qui vous y conduit. L'amitié vous en offrait une plus lente mais plus honnête et plus sûre ; il n'est plus temps d'en parler ; puisque je n'ai pas été assez heureux pour vous rendre service

---

* De telles femmes méritent bien de pareils hommages.

dans cette occasion, il ne me convient pas de blâmer ce que votre inexpérience ne rend que trop excusable.

Avec votre figure et les avantages que la nature vous a prodigués vous ne pouviez manquer de réussir à Paris. Du moins, Zeïr, daignez en croire à présent un homme dont l'amitié autorise les conseils : il faut plus de prudence pour vous maintenir dans le poste où vous êtes qu'il n'en a fallu pour y parvenir.

Les fureurs de la Duchesse de Mimieure et ses menaces ne vous prouvent que trop qu'elle vous regarde comme un esclave qui lui coûte une partie de sa fortune.

Quoique ces sortes de femmes n'aient plus d'autres sacrifices à faire à un amant, elles n'en sont ni moins exigeantes dans les soins qu'elles prétendent, ni moins implacables quand on les offense.

La raison, l'équité et votre propre sûreté, vous engagent à des égards envers elle : en recevant ses bienfaits vous vous êtes lié : si l'amour est libre, ce n'est pas dans la circonstance où vous vous trouvez.

Un nouveau caprice vous délivrera de cette contrainte, mais croyez-moi, attendez qu'elle rompe votre chaîne, vous risqueriez trop à la briser.

Si vous m'eussiez consulté sur cette liaison, je vous aurais dit, malgré l'opinion reçue au pays où vous êtes, que tout homme qui fait payer ses soins, ou toute femme qui vend ses faveurs, sont également méprisables, et si vous étiez mon compatriote, après une telle bassesse, vous cesseriez d'être mon ami.

L'ignorance où vous êtes de nos usages et les exemples qui vous ont séduit vous excusent à mes yeux, et m'autorisent à vous donner des avis qui m'aviliraient dans tout autre cas.

Ménagez la Duchesse, Zeïr, évitez de lui donner de l'ombrage ; craignez surtout les indiscrétions. Telle femme affiche un de ses amants par vanité et cache les autres par la même raison.

Ces dons heureux de la nature auxquels nos femmes ainsi que les vôtres donnent la préférence, elles les trouvent suffisants pour fixer leur choix, mais non pour le justifier : souvent un amant sexagenaire joue en public un rôle dont un amant plus jeune s'acquitte mieux en particulier.

Ce sont ces manèges qui ont produit et pour ainsi dire autorisé ces tromperies réciproques qui n'affectent plus personne, et dont on ne fait du bruit que par convenance : car rien n'est plus rare qu'une vraie passion et peut-être rien n'est moins réel que le plaisir qu'elle procure : c'est un état violent dans lequel l'âme souffre d'une manière ou d'autre.

La meilleure preuve de ce que j'avance, c'est que l'amour heureux cesse bientôt d'être amour. Au reste, Zeïr, depuis longtemps vous ne connaissez plus cet état et je vous en feliciterais si l'objet charmant qui eut vos premiers soupirs ne méritait par sa constance que vous eussiez fui des mœurs encore plus dangereuses pour le véritable amour que pour l'honnêteté.

J'ai pour vous un paquet que je crois de Zulica et que je joins ici. Si cela est, elle est bien près de vous : puisse ce souvenir plus salutaire que mes conseils vous arracher au délire qui vous séduit et vous rendre à vous-même et à l'amitié ... ah ! Zeïr, vous parlez des changements qui se sont faits en vous ! ils sont affreux, et si je les eusse prévus, l'on ne vous eût jamais arraché de mes bras. Votre dernière lettre porte d'un bout à l'autre l'empreinte du libertinage et de la légéreté ; elle est remplie de maximes fausses, de principes détestables... Zeïr, arrachez-vous à cette vie oisive et licencieuse, tremblez qu'elle n'entraîne la débauche et que vous n'acheviez de vous perdre.

Vous me dites que vous vous disposez à joindre le Régiment, avez-vous du moins réfléchi sur les nouveaux devoirs que vous venez de contracter ?

Il ne faut que du courage au soldat, mais il faut au chef au défaut de l'expérience une théorie bien réfléchie des diverses situations dans lesquelles il peut se trouver, il lui faut l'exacte connaissance de quelques sciences absolument liées à l'art de la guerre, et ces études indispensables pour quelques corps sont au moins utiles pour tous les autres.

Longtemps on a regardé la profession des armes comme incompatible avec l'étude et l'ignorance de quelques militaires semble accréditer cette ridicule opinion. Les sciences sont de tous les états, c'est au génie qu'il appartient d'en tirer parti.

Quel avantage ne donne pas dans le déployement d'une armée l'exacte connaissance d'un pays ! Que de fois la supériorité du nombre a été perdue ou réparée par une différence de dispositions, que d'attaques manquées par l'inexactitude d'un plan, ou par la mauvaise manœuvre de l'artillerie ! Il faut donc qu'un officier étudie l'art de la guerre jusque dans ses moindres détails, qu'il cherche ses modèles dans l'histoire, qu'il médite sur la conduite des grands généraux qui l'ont précédé, qu'il remarque leurs fautes pour les éviter, et qu'il n'aille pas par un excès de valeur devenu témérité se faire enfermer comme Charles XII à Pultava.[22]

Qu'il songe enfin qu'une seule journée glorieuse peut payer avantageusement vingt ans d'études et de travaux ; mais qu'il ne perde point de vue, que dans cette carrière dangereuse un seul revers peut aussi effacer des années de gloire.

Voilà de quoi, mon cher Zeïr, fixer plus noblement votre âme véhémente. L'amour de la gloire ne meurt point quand on l'a une fois connu, mais je crains bien que vous n'ayez ni le loisir, ni la volonté de vous instruire : des jours consacrés à la frivolité ne sont pas propres à former un militaire. Je vous ai connu autrefois une façon de penser saine et un cœur honnête, c'est à lui que j'en appelle : rentrez au fond de ce cœur et dites moi avec la franchise que je vous connais si vous êtes content de vous-même ?

Je ne fuis ni la société, ni les plaisirs, vous avez pu en juger pendant le temps que nous avons passé ensemble, mais je veux du choix dans l'une et de la modération dans les autres.

Si une expérience toujours malheureuse m'a forcé de faire peu de cas des hommes, je ne les hais point et ma prévention n'est pas générale. Vous savez, Zeïr, avec quelle franchise je me suis livré envers vous au doux sentiment de l'amitié. Je l'avouerai, c'est le seul auquel je crois désormais, souvent victime de l'amour et dégoûté des faciles plaisirs, auxquels il ne préside pas. Une vie paisible sans être désoccupée, une compagne honnête, un ami sûr sont aujourd'hui les seuls biens où j'aspire.

Puissé-je bientôt vous voir revenu des erreurs qui vous abusent et retrouver l'ami qu'avait choisi mon cœur !

Quoi que vous en puissiez dire, Zeïr, l'amitié est comme l'amour, elle ne veut point de partage, et comme l'on n'a point deux amantes, l'on n'a point deux amis.

Lettre XXVIII.
Zulica à Zeïr.

C'est donc à toi que j'écris encore, lumière de ma vie, ta Zulica peut de nouveau tracer ton nom chéri et après la plus dure captivité, il lui est permis de te réitérer les assurances d'un immortel amour.

Que fais-tu maintenant, chère idole de mon cœur ? que le tout puisssant *Eri-t-era* * veille sur tes jours et détourne de toi tous les périls qui ont menacé ceux de ton amante. Zeïr, je vis encore, ah ! c'est te dire que ton image n'est pas sortie un instant de ma pensée et que le désir de me conserver à ce que j'aime m'a soutenue dans cette mer de désespoir.

J'ai vu la mort, Zeïr, et j'ai frémi non par amour de la vie ; mais par la crainte de perdre la douce faculté de t'aimer. J'ai parcouru des mers inconnues, l'on m'a montré des climats nouveaux, partout je n'ai vu que mon amant. Ma bouche ne s'est ouverte que pour prononcer ton nom, mes yeux ne se sont fixés que sur cette partie de la terre que tu habites, au milieu des plus grands dangers, je n'ai senti que celui de ne plus te revoir… Mais enfin, Zeïr, le plus grand de mes malheurs peut en être le terme : un court trajet nous sépare désormais, et si je savais où porter mes pas pour me réunir à toi, au péril de mes jours je tromperais la vigilance de ceux qui m'entourent. Viens, viens m'arracher à ce que j'abhorre ; j'ai tout perdu : amis, parents, patrie —rends-moi mon amant, j'aurai tout recouvré.

Hélas ! n'as-tu point succombé toi-même au chagrin qu'a dû te causer mes dernières lettres ; Zeïr, vis-tu encore ? Ce doute cruel suspend dans mon cœur la joie de me savoir si près de toi. La patrie de mon tyran, sa langue, tout m'est en horreur, en vain m'exhorte-t-il à quitter la religion de mes ancêtres ; en vain des hommes gagnés par lui, tentent-ils d'effrayer ma timide jeunesse, jamais l'on ne me persuadera qu'il y ait un Dieu qui ordonne le parjure, et la religion du cruel Johnston ne peut être la mienne.

Ce Dieu qu'il dit celui de l'univers, s'il est mon Dieu, doit me faire entendre sa voix plus distinctement, s'il voulait que je suive ses lois, pourquoi me fit-il naître dans un pays où il n'est pas connu ? Pourquoi attacha-t-il mon âme à la tienne par un charme indestructible, s'il voulait un jour rompre des liens si doux ?

J'en croirai l'instinct de mon cœur et je fuirai avec soin ces désolants raisonneurs qui ne portent que trouble et confusion dans mon âme, je t'adorerai en dépit d'eux, et je ne me croirai coupable que quand je pourrai cesser de t'aimer. Viens donc, unique charme de ma vie, viens m'arracher à tant de maux, viens te réunir à la moitié de toi-même, viens goûter dans le sein de ta fidèle Zulica ce torrent

---

* Le premier Dieu des Tahitiens.

de félicité que produit l'union de deux âmes pures et dont le Dieu que nous servons fait la récompense de ses fidèles enfants.

P. S. Adresse ta réponse à Miss Fanni Welers. Cette jeune fille que Johnston a mise auprès de moi pour lui répondre de ma conduite a été touchée de mon sort, et les larmes que je lui ai vu répandre au récit de mes malheurs m'assurent de sa fidélité : elle parle français et a passé plusieurs années en France ; elle ne cesse de me vanter la beauté de ce climat ; tu l'habites, cher Zeïr, c'est bien assez. Le soleil luit en vain pour moi dans les lieux privés de ta présence !

Lettre XXIX.
Zeïr à St. Val.

Jamais, mon ami, je ne me trouvai dans une situation pareille ; la pitié, la douleur et les remords sont entrés dans mon cœur ; mais l'amour n'y habite plus après cet aveu. Lisez cette lettre que je vous renvoie et conseillez moi si vous pouvez.

Zulica compte sur un sentiment qu'il n'est plus en mon pouvoir de lui rendre. Depuis deux ans que je suis en France, mon cœur, et pour ainsi dire tout mon être ont changé. Cette Zulica que je croyais aimer au-dessus de tout ne m'est plus rien aujourd'hui, loin de désirer sa présence je la crains à l'égal des plus grands malheurs, ah ! c'est qu'il est affreux de rougir aux yeux de ceux qu'on estime.

Je suis coupable, et d'autant plus malheureux que je le suis malgré moi, ce n'est plus la Duchesse, ce ne sont plus des attachements tels que ceux qui amusèrent mon oisiveté, c'est une passion irrésistible qui m'entraîne vers la plus adorable des femmes. Imaginez, cher St. Val, tout ce que la jeunesse a de brillant, tout ce que les grâces ont de séducteur, tout ce que la sensibilité a de touchant et vous le trouverez réuni dans Madame de Germeuil. Joignez-y cette fatale réserve que vous nommez vertu, et qu'elle seule a eue jusqu'ici le talent de me rendre respectable ; une raison solide, un esprit brillant, la tendresse de Zulica avec la fierté de Julie, enfin la sagesse d'un ange unie à la sensibilité d'une mortelle, et vous n'aurez qu'une faible idée des charmes de celle que j'adore.

Cependant à l'instant où je l'idolâtre, le souvenir de Zulica, de Zulica malheureuse, implorant vainement mon secours et gémissant dans les fers d'un barbare, vient douloureusement déchirer mon âme :

je pourrais mourir pour elle ; mais je ne puis renoncer à Madame de Germeuil.

Je puis tout attendre de la complaisance de Zulica : son âme douce, heureuse de m'aimer, ne connaît ni les inquiétudes du soupçon ni les fureurs de la jalousie. Mais Madame de Germeuil élevée dans d'autres principes ne m'a jamais entendu prononcer le nom de sa rivale qu'avec horreur ; les promesses les plus réitérées et les plus tendres ne peuvent calmer cette âme inquiète et ardente ; je lui ai caché les dernières nouvelles que je viens de recevoir de Zulica. Son repos et mon bonheur dépendent de son ignorance à ce sujet.

Mais comment tromper sa rivale ? comment empêcher que cette fille crédule ne vienne chercher un perfide qui la fuit ; ou comment lui avouer mon crime ? Cher St. Val, aidez de vos conseils un malheureux qui ne se connaît plus lui-même.

Je suis retombé dans cet état de désespoir où vous me vîtes après la retraite de Julie, ah ! ne craignez plus rien pour moi, le charme est dissipé — Paris ne m'offre plus ces plaisirs qui m'enchantèrent ; une passion, dont je rougis puisqu'elle me rend ingrat, absorbe toutes les facultés de mon âme ; en vain chercherais-je à me livrer encore à ce tumulte qui plut à mes sens, je n'entends, je ne vois plus que Madame de Germeuil, pourquoi faut-il que cette femme enchanteresse ne soit pas née Tahitienne ? j'eusse pu l'adorer sans abandonner Zulica, et mon âme partagée entre elles n'en eût pas été moins tendre pour chacune.

Mœurs cruelles, vertu farouche, qui me force ou à désoler une femme que j'idolâtre ou à abandonner celle qui ne vit que pour moi. Cher St. Val, ayez pitié de l'état où je suis, prononcez, soyez mon juge, mais n'exigez pas de moi ce qui serait au-dessus de mes forces.

LETTRE XXX.
ST. VAL À ZEÏR.

Je vous plains, Zeïr ; mais je vous l'avoue : j'aime mieux vous savoir en proie à une passion violente que de vous voir livré à tous les vices qui d'ordinaire remplacent l'amour dans un cœur aussi ardent que le vôtre.

Votre confiance me flatte et votre situation m'intéresse ; vous allez voir, Zeïr, que je ne suis ni aussi austère que vous me l'avez reproché, ni aussi ennemi de l'amour que vous l'avez soupçonné : devenu enfin maître de moi après bien des erreurs, et connaissant par une triste expérience un sexe dont on dit toujours ou trop de mal ou trop de bien, j'ai résolu de me tenir en garde contre ses trompeuses amorces. Décidé à n'être la dupe d'aucune femme, j'ai eu assez d'équité pour ne point vouloir m'exposer à rendre quelque femme sensible victime de la mauvaise opinion que j'ai de son sexe.

Voilà la cause de cette réserve que vous avez remarquée en moi pour les femmes les plus dignes de mon estime.

Mon âge et mon goût pour un sexe charmant tant qu'il ne nous asservit pas me rendent moins scrupuleux envers celles dont les faveurs se paient par les plaisirs. Quitte avec elles quand j'ai répondu à ce qu'elles attendaient de moi, je les abandonne sans remords et sans regret sitôt qu'elles ne m'inspirent plus le sentiment qu'elles exigeaient.

Telles sont aujourd'hui presque toutes les liaisons que l'on fait dans le monde, et les femmes qui crient le plus à la perfidie, sont souvent celles à qui on ne promit rien et qui n'ont pas le droit de s'en plaindre.

Peut-être se trouve-t-il des hommes assez barbares pour se faire un jeu de séduire l'innocence, et dont les artifices dérobent à la sagesse ce qui ne devrait être que le prix de l'amour : ceux-là sont des monstres, d'autant plus dangereux que consommés dans l'art de feindre, le langage de l'esprit est aussi éloquent dans leur bouche que celui du cœur dans celle d'un homme vraiment touché.

Ni vous, ni moi, Zeïr, n'avons de tels crimes à nous reprocher ; si une jeunesse bouillante vous a fait vous livrer immodérement aux plaisirs qui vous étaient offerts, en cela vous ne fûtes coupable qu'envers vous-même.

Ce besoin d'aimer que rien n'a pu tromper dans une âme ardente s'est fait sentir à vous au milieu du tourbillon du monde et votre cœur vide s'est attaché au premier objet qui vous a paru propre à le remplir.

L'image de cette Zulica que vous croyez ne plus aimer n'a pas peu contribué à vous faire prendre le change, des plaisirs longtemps goûtés sans elle ont peu à peu effacé de votre âme cet enthousiasme qui fait le charme d'un premier amour. Vous avez cherché à l'oublier pour vous défaire d'une passion que de jeunes étourdis avaient ridiculisée à vos yeux, ou peut-être pour éviter le sentiment douloureux que l'absence attachait à l'idée de Zulica.

Un bonheur présent vous a fait renoncer à celui qu'il fallait poursuivre au travers d'un chaos d'inquiétudes, et résolu à l'oublier, vous vous êtes aisément persuadé que vous y êtes parvenu.

Les charmes de votre nouvelle maîtresse, peut-être ses artifices, pardonnez-moi ce terme, ont éloigné de votre cœur une image qui ne s'y présentait que sous des traits affligeants : la facile bonté de Zulica, son constant amour vous l'ont fait regarder comme un bien qui ne pouvait vous échapper ; au contraire la fierté bien ménagée de Madame de Germeuil vous fait à chaque instant sentir le prix d'une conquête flatteuse : la tendre Tahitienne par un abandon total de toute son âme ne vous laisse plus rien à désirer, tandis que l'artificieuse Française a le talent de se donner de cent façons différentes.

C'est ainsi, mon cher Zeïr, que dans cette Europe policée l'art a éclipsé la nature et que la femme la plus digne de nos adorations n'est pas celle qui excite le plus les transports d'une passion aveugle qui vit par les caprices, et s'accroît par les obstacles.

Peut-être me trompé-je, peut-être Madame de Germeuil est-elle une de ces femmes rares qui a conservé au milieu des prestiges de son siècle cette candeur de sentiment que l'éducation étouffe dans toutes nos femmes. En ce cas son empire est certain, et malgré ce que vous devez à Zulica et l'intérêt que m'inspire cette tendre fille, je ne prononcerai pas contre Madame de Germeuil, et je laisserai votre cœur se décider entre deux femmes qui y ont également des droits. Car en portant à l'une un cœur brûlant d'amour pour sa rivale, vous les offenseriez l'une et l'autre, et vous seriez tous les trois malheureux. Vous devez de la reconnaissance, de la pitié, des soins à Zulica ; mais l'amour ne se commande point et s'il était vrai que vous ne l'aimassiez plus, ce serait la trahir que de le lui laisser croire.

Mais aussi l'honnêteté, votre bonheur, celui de Madame de Germeuil et le sien, exigent que vous examiniez soigneusement votre cœur, afin de ne pas confondre le prestige des sens avec une affection de l'âme : si l'amour, cette passion indestructible, unit dans vos premiers ans votre âme à celle de Zulica, si vous l'avez réellement aimée, Zeïr, vous n'êtes qu'abusé et vous l'aimez encore, l'on n'aime pas deux fois dans sa vie. Si, au contraire, ce ne fut qu'une liaison produite par la liberté tahitienne, et augmentée par la convenance de vos âges, et par la reconnaissance que dut vous inspirer son amour, je plains Zulica, mais vous êtes cent fois plus malheureux ; fasse le ciel pour son bonheur et pour le vôtre, que Madame de Germeuil ne soit pas telle que vous me la dépeignez !

Consultez-vous, Zeïr, consultez-la elle-même, la dissimulation n'est pas permise dans une occasion pareille. Cet aveu vous éclairera sur le caractère de votre maîtresse et sur la nature de ses sentiments pour vous.

Je ne puis vous rien dire au sujet de Zulica que je n'aie votre réponse. Surtout, Zeïr, soyez vrai avec vous-même, et quelque résolution que vous preniez, n'attendez de ma part ni reproches aigres, ni conseils durs, je connais l'empire des passions et je sais trop que souvent, en voulant se raidir contre elles, l'on se précipite dans des crimes. Mais souvenez-vous que quelques violentes qu'elles soient, elles ne peuvent faire manquer une âme honnête aux devoirs de l'humanité : si Zulica n'a plus de droits sur votre amour, elle doit en avoir à jamais sur votre reconnaissance et sur votre amitié : ce sentiment indépendant des sens ne s'éteint point dans une âme bien née et une passion qui pourrait vous faire oublier ce que vous lui devez, à ces titres ne serait pas une faiblesse, mais un crime.

Vous pouvez montrer ma lettre à Madame de Germeuil, vous ne m'avez fait que des confidences qui n'offensent point une femme, si elle vous est chère : vous ne devez point lui cacher l'aveu que vous m'avez fait : son approbation eût même dû précéder cet aveu, car quoi qu'aient pu vous en dire vos nouveaux amis, il n'est pas une femme qui ne doive au moins prétendre pour prix de ses bontés à la discrétion d'un galant homme.

LETTRE XXXI.
ZEÏR À ST. VAL.

Qu'ai-je fait, ô mon Ami, qu'avez-vous exigé ! Je viens de percer le sein de la plus adorable des femmes, j'ai fait couler ses pleurs, j'ai mérité sa colère ; cet aveu auquel vous m'avez forcé elle l'a reçu comme une preuve de ma trahison ; j'ai tout perdu, si je perds le cœur de Madame de Germeuil ; je hais Zulica, je déteste la fatale condescendance qui m'a fait céder à vos avis, je m'abhorre moi-même, et dans le trouble où je suis j'ai à peine la faculté d'arranger mes idées pour vous faire part de mes malheurs.

Depuis que j'avais reçu les dernières lettres de Zulica, ma tristesse et mon embarras ayant éclaté aux yeux de Madame de Germeuil, elle avait tenté plusieurs fois de me faire rompre un silence qu'elle n'avait garde d'attribuer à sa véritable cause, et soit discrétion, ou vraiment sécurité, l'idée de Zulica ne s'était pas même présentée à elle.

Sachant la liaison que j'avais eue avec la Duchesse de Mimieure, et le sacrifice que je lui en avais fait, elle imagina que je pouvais regretter ses bienfaits et tenta de cent façons ingénieuses les moyens de m'en dédommager.

Pénétré de cette attentive bonté j'avais éludé toutes ses sollicitations à ce sujet ; soit que l'amour fît diversion à mes inquiétudes ou que l'attente où j'étais de vos avis m'eût rendu un peu de tranquillité, je recommençais à goûter auprès d'elle ces plaisirs que sa sagesse sait épurer et auxquels sa sensibilité prête un charme. J'étais chez elle quand on me remit votre lettre. Vainement je voulus me défendre de la lire, elle m'y força : ma maladroite résistance avait piqué sa curiosité, mon trouble acheva de me trahir. L'on ne trompe point des yeux que l'amour éclaire.

Vainement je la suppliai de ne point me forcer à lui révéler des secrets qui m'intéressaient seul, elle s'obstina à me dire que rien de ce qui me touchait ne pouvait lui être indifférent et sans attendre mon aveu, elle saisit malgré moi votre lettre.

Soulagé par là d'un détail qui m'eût beaucoup coûté, j'attendis assez patiemment qu'elle en eût fini la lecture. Sa fausse tranquillité me trompa. Votre Ami, me dit-elle d'un ton de voix qui me parut naturel, est un galant homme, je vous pardonne votre indiscrétion en faveur du confident que vous avez choisi. Je veux mériter l'estime de cet homme si sévère et m'en rapporter à ce qu'il a prononcé ; celle qui vous intéressera le plus doit être préférée ; c'est à vous, heureux Zeïr, à faire un choix. Ah ! Madame, lui dis-je précipitamment, ce choix est fait, je vous adorerai toute ma vie, puisqu'il m'est permis de ne pas abandonner Zulica.

Elle ne répondit rien, mais l'extrême pâleur de son teint m'alarma, elle changea de discours et garda avec moi un air contraint qu'il ne me fut pas possible de dissiper ; enfin elle me pria de la quitter d'un ton à me persuader qu'elle voulait être obéie : accoutumé à céder à ses volontés, je fus obligé de sortir sans avoir pu l'engager à s'expliquer davantage.

Je revins chez moi agité de mille craintes différentes, hélas ! je ne prévoyais pas qu'elles se changeraient en fureur. À mon réveil, l'on me remit un billet de Madame de Germeuil ; il contenait ces mots : « J'ai réfléchi, Monsieur, sur votre caractère et le mien ; ils diffèrent trop pour que nous puissions nous rendre mutuellement heureux : peu accoutumée aux odieux partages qu'on admet dans votre pays, j'aime mieux vous perdre que de ne pas remplir votre âme toute entière.... Vous ne vous êtes que trop clairement expliqué et le projet de ne *point abandonner Zulica* était celui de renoncer à moi. Je hais cette étrangère autant que je vous aimais, et vous — — je vais tâcher de vous oublier. »

Jugez de mon désespoir, cher St. Val. Après avoir lu ce billet, je volai chez Madame de Germeuil, mais figurez-vous quelle fut ma rage quand j'appris qu'elle avait quitté le soir-même son hôtel, et qu'on ignorait où elle s'était retirée.

J'oubliai tout ce que je lui devais, ce que je me devais à moi-même, je courais en forcené dans ces appartements où je l'avais vue tant de fois, je l'appelais à grands cris, je lui reprochais sa dureté, je menaçais les gens de la maison de les immoler à ma fureur s'ils ne m'apprenaient la route qu'elle avait prise : les protestations qu'ils me firent de leur ignorance à cet égard, la frayeur qui était peinte sur leurs visages, et plus que tout cela, un portrait de Madame de Germeuil, sur lequel je jetai la vue dans cet instant, me firent rentrer en moi-même, j'eus honte de mes fureurs, et cette image touchante de ce que j'aimais, en portant l'attendrissement dans mon âme, en bannit le désespoir.

Je demandai pardon à ces bonnes gens de mes emportements et je les suppliai de permettre que j'emportasse du moins le portrait de leur maîtresse : ils n'osèrent me refuser, je le fis transporter chez moi, et depuis ce temps-là je passe les jours et les nuits à contempler ce précieux trésor.

Toutes mes perquisitions ont été inutiles pour découvrir la retraite de Madame de Germeuil, mais je jure que jusqu'à ce moment ni vous, ni Zulica ne pourrez me forcer à m'occuper de soins qui aient un autre objet pour but. Ah ! qu'elle souffre pour expier les tourments qu'elle cause à la plus adorable des femmes, et que je périsse moi-même pour ceux que mon fatal amour leur a coûtés.

Lettre XXXII.
Zeïr à St. Val.

Je reçois dans l'instant un billet d'une main inconnue, je ne doute point que ce ne soit de Madame de Germeuil, je vole au rendez-vous. St. Val felicitez l'heureux Zeïr ; je touche au terme de mes peines mon choix est fait, l'amour l'a prononcé — — pauvre Zulica que je te plains et que je suis coupable.

Lettre XXXIII.
Zeïr à St. Val.

J'ai tout perdu, St. Val ! Écoutez le détail de la plus odieuse vengeance ; Madame de Germeuil est devenue la victime de mon funeste amour ; une furie infernale a juré ma perte et la sienne ... la Duchesse de Mimieure .... qui l'aurait cru capable de tant de cruauté ! c'était d'elle ce fatal billet qui m'a si cruellement abusé. Hélas ! j'avais volé au rendez-vous qu'on m'indiquait, le cœur plein de Madame de Germeuil, imaginez quel fut mon étonnement quand à sa place je trouvai la Duchesse de Mimieure !

Il y a six mois qu'un mensonge effronté et quelques impertinences m'eussent tiré d'affaire, mais aujourd'hui mon cœur trop plein d'un seul objet m'eût visiblement trahi. Je pris donc le parti de la vérité et ignorant à quel point une femme offensée peut ici pousser la dissimulation, je me rassurai sur l'air de tranquillité que je voyais sur le visage de la Duchesse.

Vous me voyez, lui dis-je, Madame, confus de mes torts et pénétré de vos bontés passées, dont rien au monde ne me fera perdre le souvenir. La crainte de vos reproches et une mauvaise honte m'ont éloigné de vous, permettez qu'une tendre reconnaissance me ramène à vos pieds et que j'ose vous demander par quel heureux hasard vous avez encore daigné vous souvenir de moi ?

Pour vous donner, Monsieur, me répondit-elle avec un sourire amer, une nouvelle preuve de *ces bontés* que vous avez méprisées, qui ne vous sera peut-être pas si agréable que celle que vous en avez déjà eue. Alors tirant de sa poche son portrait, le même que j'avais si vivement demandé la première fois que je fus introduit chez elle : Reconnaissez vous ce gage de ma faiblesse et de votre infidélité, me dit-elle avec un regard terrible ?

Je demeurai interdit, je ne pouvais douter qu'elle n'eut connaissance de ma liaison avec Madame de Germeuil, puisque c'était à elle que j'avais fait le sacrifice de ce malheureux portrait. Voyant que j'hésitais sur ma réponse, elle ne me donna pas le temps de la faire et m'accablant de tous les noms que je ne méritais que trop, elle ajouta ces funestes mots qui ne sortiront jamais de ma mémoire : Il serait indigne de moi de vous priver d'un état que vous tenez de mes bontés, gardez votre fortune pour vous rappeler à chaque instant votre ingratitude envers celle à qui vous la devez ; je me suis preparé une vengeance plus douce, et une lettre de cachet, qui me répond de votre maîtresse, vous fera douloureusement payer les moments joyeux que vous avez passés à mes dépens.

La foudre m'avait écrasé à ces dernieres paroles, je me jetai aux pieds de la Duchesse et pour la première fois de ma vie je fondis en larmes, et je lui donnai le spectacle humiliant de tout ce que le désespoir put me suggérer pour l'attendrir ; tout fut inutile : elle me contemplait avec une tranquillité féroce qui me prouva qu'elle n'avait eu pour moi que ce goût de plaisir que vos femmes honorent du nom d'amour. En ce moment la rage que m'inspira son insultante froideur fut telle qu'oubliant ce que je devais à son rang et plus encore à son sexe, je lui donnai tous les noms odieux que la colère put me fournir, et après avoir mis en pièce et foulé aux pieds à ses yeux mille bagatelles que je tenais encore d'elle, je sortis la laissant je crois étonnée d'une violence à laquelle elle ne s'était pas attendue.

J'entendis sa voix qui me rappelait ; mais sourd à mon tour je sortis avec précipitation de cette fatale maison. Mon premier soin fut d'aller à Versailles, donner ma démission de tous les emplois que je devais à ses odieuses bontés.

Je n'ai rien gardé qu'une modique pension que le Comte de Brunoi m'a fait obtenir à titre d'étranger. Débarrassé de cette humiliante opulence il me semble que je respire plus facilement, et que je puis me livrer plus à mon aise à la haine que m'inspire cette femme vindicative. Enfin au milieu du trouble de mon cœur je ne puis me défendre d'un mouvement de joie en me retrouvant indépendant et libre.

Cependant, cher Ami, la douleur succède bientôt à cet éclair de plaisir, quand je me représente Madame de Germeuil languissant dans une indigne prison, ou m'appelant inutilement à son secours. Au nom de notre amitié, cher St. Val, ne m'abandonnez pas dans une affaire dont dépendent mon honneur et mon repos.

Plus instruit que moi des usages du pays donnez-moi les moyens de réclamer contre une si atroce injustice. A quoi servent donc les lois, s'il se commet de semblables horreurs dans un état policé, et si l'innocence n'y trouve point d'appui contre le vice insolent ?

O bon St. Val ! ayez pitié d'un ami au désespoir, ayez pitié d'une femme charmante, que j'ai précipitée dans l'abîme du malheur ! Hélas, tant de maux accumulés sur ma tête m'ont fait oublier l'infortunée Zulica. J'ai laissé ses lettres sans réponse : à quelles mortelles inquiétudes ne doit-elle pas être livrée ? Tendre fille, devais-je être le prix de tant d'amour ? Il me semble que depuis que je ne vois plus Madame de Germeuil, l'image de Zulica se présente plus souvent et plus douloureusement à moi ; que ne m'est-il possible de les aimer l'une et l'autre, de leur partager mes soins, de passer mon heureuse vie à embellir la leur, prejugé barbare, mœurs que je déteste .... insensé pourquoi ai-je quitté ma patrie — pourquoi suis-je venu me charger de pénibles devoirs, et me noircir de crimes inconnus à Tahiti ? — Vous me restez, St. Val. La douce amitié soutient encore mon âme et me sauve du désespoir.

Lettre XXXIV.
St. Val à Zeïr.

C'est à mon retour d'un voyage qui devait vous intéresser que je reçois vos dernières lettres. Vous ne connaissez pas encore tous vos malheurs, mon ami. L'aimable, l'infortunée Zulica, a peut-être succombé sous le poids de ses maux ; mais il faut vous raconter en détail les circonstances de ce nouvel événement.

Inquiet du sort de Zulica et de votre incertitude qui la laissait en proie à la brutalité de son persécuteur, je résolus de partir pour Londres et de l'arracher des mains de celui qui se prévalait de sa faiblesse et de l'abandon total où elle était réduite pour l'opprimer.

Je vous avais caché mon dessein pour vous ménager le plaisir de la surprise et étudier votre cœur, je l'avoue, dans ce premier instant.

Arrivé à Londres, je m'informai de la demeure du Capitaine Johnston : après plusieurs perquisitions inutiles je désespérais déjà du succès de ma recherche lorsque je la découvris par un hasard qu'il serait trop long de vous raconter.

La connaissance que j'ai de la langue anglaise me fut d'un grand secours dans cette occasion, ne voulant point m'annoncer à Johnston pour Français. Après plusieurs prétextes de ma visite, je lui dis assez sèchement que je venais chez lui pour une affaire plus importante ; qu'il ne devait pas avoir oublié qu'il avait enlevé une fille à ses parents par des voies indignes d'un galant homme, que cette infortunée avait trouvé le moyen de porter ses plaintes, que des gens qui prenaient à elle le plus vif intérêt étaient en état de la délivrer de sa tyrannie s'il continuait à vouloir la retenir par force, que je le priais de la faire venir en sa présence, que j'allais lui nommer ceux qui réclamaient, et que si la captive consentait à être remise entre leurs mains, il eût à me la rendre incessamment s'il ne voulait que je ne portasse mes plaintes au Roi et que je n'en obtinsse un ordre pour la faire enlever de chez lui.

Ce fier Anglais, quoiqu'il se sentît coupable, me répondit avec fermeté que si celle que je réclamais était encore en sa puissance, je ne l'en tirerais pas aussi facilement que j'avais pu l'imaginer. Si vous prenez intérêt à elle, Monsieur, ajouta-t-il, et que ceci soit une feinte pour me cacher le lieu de sa retraite, je vous conjure, au nom de la probité, de me tirer de la mortelle inquiétude où son évasion m'a plongé et de me sauver le regret de croire que j'ai causé la perte d'une fille adorable, je vous engage ma foi de la laisser libre désormais, et de renoncer à tout droit sur elle.

Quant à ma conduite, je n'en dois compte à personne ; quelle que soit la sorte d'intérêt que vous prenez à cette aimable fille je m'unirai volontiers à vous pour tâcher de découvrir son asile ; mais si le ciel favorise ces recherches, je me réserve le droit de rendre son sort à jamais indépendant. Un Anglais, ajouta-t-il d'un air fier, n'avoue pas ses fautes, il les répare.

Johnston me raconta après cela qu'ayant trouvé Zulica moins triste depuis quelques jours, il avait imaginé qu'en lui donnant un peu de liberté, il achèverait de vaincre sa répugnance et lui ferait enfin oublier sa patrie. Que d'ailleurs ne se défiant pas de ses desseins dans un pays où elle ne connaissait personne et dont elle ignorait la langue, il l'avait conduite dans une jolie maison qu'il avait au bord de la Tamise, qu'ayant été obligé de revenir à Londres pour quelques affaires importantes, il l'avait laissée sous la conduite d'un vieux domestique et d'une jeune fille, nommée Fanni, qu'il lui avait donnée pour la servir ; mais que le matin du troisième jour, après qu'il l'eut quittée, ce même domestique était venu tout effrayé se jeter à ses pieds en lui disant que la nuit précédente Fanni et la jeune Demoiselle étaient disparues, sans qu'on pût découvrir leurs traces et que depuis ce temps toutes leurs perquisitions avaient été inutiles.

Je demandai au Capitaine s'il n'était pas retourné à la maison de campagne où il avait laissé Zulica : il m'avoua qu'il n'avait pas eu le courage de revoir des lieux qui lui avaient été si funestes ; mais lui ayant fait observer que nous pourrions peut-être y trouver quelques renseignements sur sa fuite, il consentit à m'y conduire.

Après avoir successivement visité tous les appartements, nous désespérions du succès de nos recherches, lorsque j'aperçus sur une table un livre qui paraissait y avoir été oublié à dessein : je le pris, il y avait une lettre à l'adresse du Capitaine, il l'ouvrit et la lut haut, après m'avoir demandé si j'entendais le français, voici ce qu'elle contenait.

«Le mélange singulier d'amour et de cruauté dont vous avez usé envers moi me fait donner un regret en rompant mes fers à la douleur que je peux vous causer, que cette pitié pour mon ennemi vous apprenne comme on doit aimer. Ne suivez point mes pas si vous ne voulez me voir expirer à vos yeux plutôt que de rentrer en votre puissance. La nécessité qui me force à me servir de vos dons n'est pas la moindre des humiliations à lesquelles le sort m'ait réduite : s'il cesse de me persécuter, tout vous sera exactement rendu, mais si j'ai tout perdu je n'existerai plus quand vous lirez ces lignes. »

Ces derniers mots arrachèrent quelques larmes des yeux de Johnston, qui s'efforça de me les cacher. Conjecturant par ce billet que Zulica aurait tourné ses pas vers la France, je repris quelque espoir, et je crus devoir rassurer Johnston sur sa crainte qu'elle n'eût péri. L'idée de la mort de quelqu'un qui nous est cher est quelque chose de si horrible qu'il n'en est pas qui ne lui soit préferable, et je ne souhaiterais pas ce tourment à mon plus mortel ennemi.

Nous avons encore fait plusieurs perquisitions dans Londres et aux environs, qui ont toutes été inutiles.

Dans les informations que j'ai pris sur le compte de Fanni, j'ai appris que c'était une honnête fille qui avait été quelques années en France au service d'une Dame qui l'avait prise en Angleterre, qu'une maladie de langueur qui avait conduit sa mère au tombeau l'avait forcée de renoncer à tous les avantages que sa maîtresse lui offrait à Paris pour revenir dans sa patrie s'acquitter de ces devoirs sacrés pour une âme honnête et que ce fut après la mort de sa mère que Johnston la mit auprès de Zulica, comptant avec raison sur sa vertu. Apparemment qu'il n'avait pas réfléchi que l'humanité est la première de toutes.

J'ai imaginé que Fanni aura conduit Zulica à Paris auprès de son ancienne maîtresse et j'y aurais volé pour faciliter vos recherches si l'on ne me mandait qu'une maladie violente qui menace les jours de ma mère exige ma présence. Ce devoir seul pouvait me faire manquer à celui que l'amitié m'impose dans les tristes circonstances où vous vous trouvez ; aussitôt que j'aurai satisfait à la nature, vous verrez dans vos bras l'ami le plus fidèle. Infortuné Zeïr, puisse l'amitié vous dédommager des peines de l'amour.

J'écris dans l'instant au Lieutenant de police de Paris, pour savoir où a été reléguée Madame de Germeuil. Tranquillisez-vous mon Ami, il sera facile de réclamer contre un pareil abus, la victime est d'un rang à rendre inexcusable une pareille violence. Travaillez de votre côté à découvrir les traces de Zulica, cette fille généreuse mérite bien cet intérêt de votre part, je suppose à Madame de Germeuil une âme trop noble pour vous savoir gré d'une aussi coupable négligence, songez enfin que tant qu'elles sont malheureuses elles ont des droits égaux à votre pitié et que ce n'est pas le moment de prononcer entre elles. Adieu mon Ami, comptez sur ma vie si elle est nécessaire pour contribuer au bonheur des deux innocentes créatures qui vous intéressent.

Lettre XXXV.
Zeïr à St. Val.

Le nouveau malheur que vous m'apprenez a eu sur moi un effet contraire à celui qu'il devait produire. Celui qui s'abandonne à une inutile douleur est digne de ses maux, vous me l'avez dit cent fois ; ce n'est pas des soupirs qu'attendent de moi deux infortunées dont j'ai les malheurs à me reprocher, je ne veux, ni ne dois dans ce moment sonder mon cœur, et du moins cette fois vos conseils seront suivis. Ah ! quelques maux que le ciel me prépare, il m'aura toujours beaucoup donné s'il me laisse un Ami tel que vous.

Lettre XXXVI.
Zeïr à St. Val.

Vous me voyez encore hors de moi d'un événement qui vient de m'arriver. J'avais été chez Monsieur D.... chargé de me faire toucher la pension que j'ai conservée sur le trésor royal, pour y prendre un quartier échu de cette pension : en comptant mon argent je me suis aperçu que la somme était justement du double plus forte, je lui ai fait observer qu'il se trompait et croyait apparemment me payer six mois.

Non, non, m'a-t-il dit d'un air embarrassé, je ne vous paie que ce que je vous dois : quelqu'un qui dit avoir été obligé par vous a fait augmenter votre pension.

La finesse était grossière, je n'en fus point la dupe, je sais trop que les pensions de la Cour ne se doublent pas ainsi ; non Monsieur, dis-je au Commis chargé de me payer, je ne recevrai cette somme qu'au préalable je ne connaisse celui qui m'oblige d'une manière si noble. Son obstination à me refuser cet aveu m'ont enfin fait imaginer que la Duchesse, fâchée que je ne fusse plus dans sa dépendance, avait voulu, malgré moi, me charger de ses odieux bienfaits. Cette idée m'a causé une telle indignation que séparant avec une espèce d'horreur l'argent qui m'appartenait de celui qu'on voulait me forcer de prendre, je suis sorti avec autant de précipitation que j'en aurais eu à fuir cette méchante femme.

J'ai rencontré sur l'escalier un de mes anciens Camarades de plaisir, qu'ayant confusément appris le changement arrivé dans ma fortune, a voulu me railler sur ce qu'il nomme une fausse délicatesse.

Selon lui j'ai bien fait de rompre avec la Duchesse, si son commerce me gênait ; mais je suis un sot d'avoir de mon propre mouvement renoncé à une fortune qu'elle ne pouvait m'ôter, il fallait m'en parer à ses yeux, la braver par mon effronterie, l'insulter par mon luxe… mais ne lui eussé-je pas toujours montré son ouvrage, ne fussé-je pas resté sa créature en dépit de moi ? Garder les dons d'une femme que je méprise, que j'ai en horreur, dont les services les plus signalés aujourd'hui ne me paieraient pas un quart d'heure de maux qu'elle me fait souffrir ? Non, si ce sont là ces maximes dont le brillant m'avait séduit, je les abhorre. Je l'ai trop éprouvée, cette dépendance cruelle que vous m'aviez prédite, j'ai trop senti le poids de ces chaînes pour en prendre jamais de semblables.

L'on peut, je le crois encore, braver une femme qui nous trompe, lui rendre perfidie pour perfidie, jouir de sa confusion et la quitter désespérée de n'avoir pu vous rendre la victime de ses manèges ; mais celle qui acheta vos soins, qui paya votre foi, vous aviez raison, St. Val, comment la tromper sans rougir ?

Je l'ai éprouvé, cet état pénible, cent fois aux genoux de Madame de Germeuil, la reconnaissance a plaidé la cause de ma bienfaitrice, jamais dans de pareils instants l'image de Zulica, de cette Zulica que j'ai tant adorée, ne me causa de remords. Les mœurs de notre pays autorisent cette inconséquence, nous ne rougissons que de la fausseté, nos femmes en y disputant d'agréments pour nous plaire, n'ont recours qu'à leurs charmes pour nous fixer.

Nous n'y connaissons point ces devoirs de convention qui font chez vous dans de certaines circonstances un crime d'un acte consacré dans d'autres. Vos mœurs ont produit chez moi d'autres idées ; mais toujours guidé par la nature, sa voix me fait respecter vos plus absurdes préjugés quand ils ont l'apparence de la justice.

Je n'ai jamais cru offenser une femme en rendant hommage à une autre, et depuis ma liaison avec Madame de Mimieure j'ai rougi cent fois de disposer d'un bien que je lui avais engagé.

Ma conduite et mes discours ont souvent démenti ces maximes de ma raison, de cruels remords ont été le prix de cette inconséquence ; enfin vos conseils et mes malheurs m'ont rendu à moi-même, puisse quelque autre événement apaiser le tumulte que l'amour excite dans mes sens et que la singularité de vos mœurs y fomente. En attendant, je ne me donnerai point de nouvelles chaînes, je renonce à tout bien-être qui engagerait ma liberté, je ne veux rien devoir à personne et je sens plus que jamais le prix de cette indépendance que vous m'aviez montrée comme le plus grand des biens, et dont j'avais trop mal connu le prix.

Lettre XXXVII.
St. Val à Zeïr.

Pourquoi, mon Ami, par un excès de délicatesse que je ne saurais approuver dans cette occasion, vous priver d'un secours que le ciel semblait vous offrir en dédommagement des sacrifices que vous avez faits au véritable honneur ? Pourquoi vous persuader qu'il vient d'une source empoisonnée et confondre peut-être les offres de l'amitié avec les dons humiliants de la vanité ? Quelques-uns de vos amis ne peuvent-ils pas avoir obtenu pour vous cette augmentation de pension ? Ne faites pas à l'humanité l'injure de croire qu'il n'est pas encore quelque âme honnête sensible au plaisir d'obliger. Enfin si mes conseils, si mes prières peuvent quelque chose sur vous, vous vous désisterez aujourd'hui d'un principe dont vous avez mal compris le sens.

Toutes mes perquisitions au sujet de Madame de Germeuil ont été vaines : à moins qu'elle n'ait été enlevée sous un autre nom et que nous ne puissions parvenir à nous en assurer, je ne vois nul moyen de découvrir sa retraite. N'avez-vous nulle nouvelle de Zulica, que peut-elle être devenue ? Je frémis que les pressentiments de Johnston ne se vérifient. J'ai écrit à cet honnête Anglais, je dis honnête, et en vérité je le crois tel malgré les violences auxquelles l'amour a pu le porter. Hélas ! quand nous sommes nés avec des passions fougueuses, le retour qu'un cœur droit nous fait faire vers le bien, n'est-il pas plus estimable que la continue honnêteté de celui auquel il n'en coûta jamais pour se vaincre ? et qui n'a dans son âme ni la fermeté de la vertu, ni l'audace du vice ?

La résistance de Zulica rendit Johnston barbare, une passion plus heureuse eût peut-être adouci ces farouches vertus qu'on voit briller en lui au travers de mille vices. Ah Zeïr ! que nous sommes peu de chose par nous-mêmes, combien ces circonstances qui décident si souvent de l'estime, ou du mépris public, décident aussi de nos caractères.

Heureux celui qui, n'ayant eu que des faiblesses à se reprocher, parvient sans remords et sans regret à cet âge heureux où l'âme encore dans toute sa vigueur et l'esprit dégagé de la fougue des passions sait choisir et apprécier les vrais biens.

Le croirez-vous, mon Ami ? Dans la fleur de ma jeunesse, je désire cet âge et ne demande rien au ciel pour dédommagement de tous les plaisirs qui s'envolent sur les ailes de la jeunesse qu'un ami sûr. Puisse-t-il me conserver celui que je possède, et puisse le temps qui détruit tout et augmente l'amitié resserrer de jour en jour les doux nœuds qui nous unissent.

Lettre XXXVIII.
Zeïr à St. Val.

Ah ! parlez de l'amitié, cher St. Val, votre âme pure est faite pour la décrire comme pour la sentir, tandis que moi, malheureux consumé par le feu de mes passions, aveuglé par une bouillante jeunesse, je me sens au-dessous de ce sentiment céleste. Mon âme n'a pu deviner la vôtre, je ne suis pas digne de vous connaître. Eh ! quel autre qu'un ami eût mis tant de délicatesse dans son procédé ? Trop généreux St. Val, vous vouliez en me cachant vos bienfaits vous en dérober le prix ! Avez-vous pu croire que je profiterais de vos bontés, sachant que le généreux partage que vous vouliez faire serait pris sur ce qui vous est indispensablement nécessaire ?

Malgré la discrétion que vous observez sur la conduite de Madame de St. Val à votre égard, je n'ignore pas que cette mère dénaturée, pardonnez-moi ce terme, pour fournir à son luxe et aux fantaisies de toute espèce qu'elle a conservées dans un âge où il n'est plus permis d'en avoir, vous donne une pension à peine suffisante pour vous soutenir dans votre corps suivant votre rang, et vous voudriez que votre indiscret ami qui ne doit représenter ni par état, ni par naissance, eût la bassesse de vous priver de votre bien-être pour augmenter le sien !

Si je n'avais rien, ce serait à vous que j'aurais recours, n'en doutez pas ; je ne mettrais point une grandeur d'âme factice à refuser des bienfaits qui ne m'aviliraient point puisqu'ils honoreraient mon Ami. Mais dans la circonstance présente, souffrez que je persiste dans une façon de penser à laquelle je ne puis déroger sans me dégrader à mes yeux. Je m'engage, si votre situation change, et que la mienne ne s'améliore pas, d'avoir recours à vous avec franchise. En voilà assez, mon bon Ami, pour répondre au reproche de fausse délicatesse que vous ne m'auriez pas fait, j'en suis sûr, en toute autre circonstance.

Je compare votre conduite à celle du Comte de Brunoi, il m'a obligé et je lui dois beaucoup … ah beaucoup, sans doute, puisque je lui dois votre connaissance. Cependant quelle différence de vos procédés aux siens ! celle que le cœur sait mettre entre l'amitié et la bienfaisance, le protecteur fait tout pour lui et l'ami ne songe qu'à celui qu'il aime.

Le Comte a su de moi le changement de mon sort, je lui ai avoué mes torts avec la Duchesse de bonne foi et mes griefs contre elle avec la même franchise ; mais quand je suis venu au mouvement d'indignation qui m'avait porté à renoncer à tous les avantages que je tenais d'elle, au lieu d'applaudir comme je le croyais à cette action, il a fait un sourire de pitié, en me demandant ce que je prétendais donc devenir ?

Je n'en sais rien, ai-je répondu assez froidement, Monsieur le Comte, mais je sais bien que je ne veux plus dépendre de personne. J'allais sortir en disant ces mots, il a cependant eu la bonté de me rappeler. Vous aurais-je fait sentir, m'a-t-il dit d'une manière fort douce, le peu que j'ai été assez heureux de faire pour vous ? Malgré l'ostentation de cette trop polie réponse, la reconnaissance l'a emporté dans mon cœur. A Dieu ne plaise, lui ai-je dit, Monsieur, que j'oublie ce que je vous dois ; je suis bien loin de confondre vos bienfaits avec ceux que je ne pouvais plus garder sans rougir ; vous n'avez mis aucune condition, ai-je ajouté, aux dons dont votre générosité m'a comblé, et la Duchesse de Mimieure en avait mis aux siens qu'il ne m'était plus possible de remplir. Le Comte a souri et m'a fait de nouvelles offres de service, de ce ton de bienveillance que je prenais pour de l'amitié avant que vous m'en eussiez fait sentir la différence.

Toutes mes recherches jusqu'à ce moment ont été vaines, cependant le seul domestique que j'ai gardé, et sur la fidélité duquel je puis compter, m'a dit qu'un homme sans livrée était venu hier me demander fort mystérieusement. Je ne sortirai point et ne fermerai cette lettre qu'après l'avoir vu....

Il est huit heures et personne n'est venu ! il faut fermer ma lettre, j'en écrirai une seconde si j'ai des nouvelles intéressantes à vous apprendre.

Lettre XXXIX.
Zeïr à St. Val.

Mon Ami, Madame de Germeuil est à Paris, quelques rues seulement nous séparent ... dans deux heures je pourrai la voir, lui parler, l'entendre.... Ah ! si vous ayez jamais aimé, faites vous une idée de ma situation ! Pourquoi faut-il que le souvenir de Zulica vienne empoisonner mon bonheur ! Si Madame de Germeuil voulait .... que n'est-elle née Tahitienne !

Non, St. Val, je le sens, ce ne sont pas vos passions, c'est les préjugés qui les combattent qui vous rendent malheureux. Imprudents Européens, la nature vous avait formés heureux et bons, c'est vous qui avez défiguré ses saintes et primitives institutions ! ... Il sonne dix heures, oh ! comme le cœur me bat, je ne dois la voir qu'à midi .... moment delicieux, que de maux tu vas me faire oublier.... Cependant ma joie n'est pas pure, un voile de tristesse enveloppe mon âme et empêche le plaisir d'y pénétrer. D'où vient que l'idée de Zulica me poursuit, et me trouble, tandis que je fus tant de fois infidèle à ses charmes ? Ah ! c'est que je ne fus jamais si coupable. Mon cœur alors ne participait point à l'erreur de mes sens, je l'adorais dans les nouveaux objets de mes hommages, infidèle sans être inconstant, je l'eusse préferée à toutes les beautés qui m'amusaient dans son absence : pourquoi n'ai-je pas fui un attachement plus sérieux ? Madame de Germeuil était digne de ces égards ... allons à ses pieds me rendre plus coupable et tâcher de m'oublier moi-même.

Lettre XL.
St. Val à Zeïr.

Il n'avait pas encore reçu la précédente.

Quel que soit celui qui a trahi mon secret, je ne saurais m'empêcher d'être au désespoir de l'effet que cette indiscrétion a produite.

Quoique j'admire, mon Ami, une délicatesse qui vous met bien au-dessus de moi dans cette occasion, vous ne me ferez point admettre vos spécieux raisonnements, puisque vous avez bien voulu vous en rapporter à moi dans tout ce qui regardait nos préjugés, vous voudrez bien ne pas déroger à cette condescendance dans une circonstance où il ne faut que consulter la saine raison pour sentir qu'entre deux personnes qui font profession de s'aimer uniquement, tout ce que l'un a de plus que l'autre est une dette qu'il contracte envers lui et s'engage à lui payer à la première occasion.

Cette époque est venue pour vous ; si vous êtes vraiment mon Ami, si vous prenez ce titre dans sa véritable acception, vous ne pouvez me refuser sans me marquer une défiance outrageante.

La première raison que vous alléguez est une délicatesse digne de votre cœur ; eh bien, mon Ami, puisque vous m'eussiez refusé le plaisir de vous être utile au prix d'un très léger sacrifice, accordez-moi du moins cette satisfaction aujourd'hui que ma situation me le permet.

Ma mère, dont la maladie s'est déterminée en une espèce de paralysie, vient de me remettre la conduite de ses biens, et quoique je n'aie jamais murmuré de ses arrangements, je n'ai pu me défendre d'un mouvement de joie en songeant que vous n'auriez plus de prétexte pour fonder vos refus. Au surplus, le ciel m'est témoin que jamais mon cœur ne s'est permis le plus léger sentiment d'impatience au sujet de la longue dépendance dans laquelle ma mère m'a tenu. Je ne me suis jamais cru en droit de prescrire des lois aux auteurs de mes jours : leur bien est à eux avant de m'appartenir et j'ai toujours été persuadé que ce qu'il leur plairait de me laisser serait un don, et non une dette.

À la mort de mon père, je jurai au fond de mon cœur de laisser son bien à la disposition de Madame de St. Val aussi longtemps qu'elle ne me laisserait pas manquer de l'absolu nécessaire.

J'ai toute ma vie trouvé odieux ces procès que des enfants avides peuvent intenter aux auteurs de leurs jours, pour leur arracher un bien dont ils n'auraient pas joui si la mort précipitée d'un père ou d'une mère n'eût prévenu des dispositions plus sages.

Je n'ai point à me plaindre de Madame de St. Val, qui, quoique froide et dissipée, n'a point manqué envers moi aux devoirs essentiels de mère ; mais quand il serait vrai que j'eusse pu désirer quelquefois une tendresse plus vive de sa part, rien ne pouvait me faire oublier les soins que lui a coûtés mon enfance et je suis persuadé que la plus mauvaise des mères mérite pourtant à quelques égards l'amour et le respect d'un enfant bien né, au defaut de la reconnaissance.

Ce devoir sacré n'est pas une convention des hommes, c'est une institution de la nature, que toute notre méchanceté n'a pu encore étouffer, et qui ne peut s'éteindre que dans des cœurs déjà corrompus. Defiez-vous, cher Zeïr, de ceux qui vous disent que c'est un préjugé. Ah ! si c'en est un, c'est encore le cri de la nature qui cherche à se faire entendre au travers de mille notions confuses.

Je vous l'avouerai avec la franchise due à l'amitié qui nous lie, jamais je ne fus affectueusement pressé sur le sein d'une tendre mère, jamais de douces larmes n'humectèrent son visage en revoyant après une longue absence un fils soumis et tendre, jamais je ne jouis du délicieux plaisir de lui entendre prononcer avec émotion le doux nom de fils et, malgré cela, je ne pense point sans frémir à l'éternelle séparation que sa situation présente semble m'annoncer. Heureux Zeïr, vous qui fûtes fils, rappelez-vous comme on peut aimer les auteurs de ses jours et plaignez-moi si je suis destiné à perdre un nom dont je ne connus jamais les douceurs.

Lettre XLI.
Zeïr à St. Val.

Je l'ai revue, St. Val, cette femme adorable, pour la possession de laquelle j'aurais donné mille vies si je les avais eues, j'ai obtenu mon pardon, mais, hélas ! à quel prix ? Combien une passion aveugle ne peut-elle pas dégrader notre âme ? Infortunée Zulica, je t'ai donc trahie, abandonnée, et pour qui... hélas ! pour une femme charmante qui n'a d'autre défaut que de m'aimer trop, moi seul je suis coupable, moi seul je devrais expier dans les plus cruels supplices les suites funestes de mes égarements.

A peine fus-je arrivé à l'endroit où Madame de Germeuil m'attendait que je me précipitai à ses genoux sans avoir la force de proférer une parole ; plus maîtresse d'elle même, elle m'obligea de me relever. Asseyez-vous Zeïr, me dit-elle, j'ai des choses importantes à communiquer, et de votre réponse va dépendre le bonheur ou le malheur de ma vie ; surtout ne m'interrompez point.

Il vous souvient, sans doute, de notre dernière entrevue et de l'aveu tacite de votre passion pour Zulica. Plus troublée de cette nouvelle qu'irritée contre vous, je vous priai de me laisser seule. Peut-être que mes réflexions ne m'eussent pas décidée à vous fuir si précipitamment sans l'événement que je vais vous raconter.

A peine sortiez-vous de chez moi qu'une jeune Anglaise qui m'a servie autrefois, fit demander à me parler pour une affaire importante. J'avais aimé cette fille et j'étais bien loin de prévoir ce qu'elle allait m'apprendre. Fanni, après m'avoir raconté l'histoire de Zulica, telle à peu près que je la tenais de vous, son arrivée à Londres, sa fuite et les périls où elle s'était exposée pour vous rejoindre, finit par me demander mon secours pour cette jeune infortunée.

Encore émue de la scène qui venait de se passer entre nous, le dépit l'emporta sur la générosité, et dans un mouvement dont je ne fus pas maîtresse, je souhaitai de faire partager à Zulica les tourments qui me déchiraient ; alors, tirant de ma poche le portrait de la Duchesse de Mimieure, dites à votre nouvelle maîtresse, dis-je à Fanni, que celui qu'elle vient chercher au travers de tant de risques mérite peu une pareille constance. Remettez-lui ce portrait pour preuve de ce que j'avance, dites-lui, que c'est celui d'une femme qui l'aima tendrement ; qu'il a de même quittée pour en abuser une autre qui ne l'aima pas moins que Zulica. Si elle veut oublier un amant si volage, mon amitié et mes secours sont à ce prix.

Fanni sortit après m'avoir laissé son adresse, mais depuis ce temps je n'en ai eu nulles nouvelles.

Le lendemain je vous écrivis un billet qui vous annonçait la résolution où j'étais de vous oublier, l'amour plus fort que la raison, les soins que vous avez pris pour découvrir mes traces, votre douleur, la demande que vous avez fait à mes gens de mon portrait, votre séjour à Paris après le départ de Zulica ; tout m'a décidée à la démarche que je fais ; je viens de vous avouer des torts que l'amour excuse peut-être, je me suis consultée, je ne puis vivre sans vous ; mais j'aime mieux mourir que de partager le moindre de vos sentimens.

Sondez votre cœur, si toute la tendresse du mien peut vous consoler de la perte de Zulica, si vous n'avez point feint l'amour que vous m'avez montré, oubliez cette Étrangère, mon cœur et ma main sont à ce prix.

Madame de Germeuil, voyant que j'hésitais, me demanda si on l'avait trompée, et si je connaissais la retraite de Zulica ? Non, Madame, lui dis-je, mais je n'ai que trop lieu de la deviner. L'infortunée est devenue la victime de mon imprudence et de votre indiscrétion. Là dessus j'appris à Madame de Germeuil les appréhensions où j'avais été à son sujet, et les violences de la Duchesse ; nous conjecturâmes que le portrait serait tombé entre ses mains par quelque malheureux hasard. Soit honte, soit réellement pitié, Madame de Germeuil me parut donner des regrets au sort de cette infortunée ; tandis que votre coupable ami, livré au désordre de ses sens, oublia tout ce qu'il devait à la plus malheureuse des femmes.

Je promis tout dans un transport aveugle, et aujoud'hui il ne me reste que le désespoir d'avoir acheté mon bonheur par un crime.

Je ne suis plus à moi, je ne puis plus être à Zulica sans devenir parjure, et pour comble d'horreur il faut que je cache ma douleur et mes remords. Au sein de la félicité, mon cœur nage dans l'amertume : Madame de Germeuil a repris son ancienne confiance en moi, elle promet d'assurer un sort à Zulica ; hélas, que lui donnera-t-elle qui la dédommage de ce cœur qui lui était dû ? Tendre et généreuse fille, elle eût sacrifié ses plaisirs au bonheur de m'en procurer ! jamais un reproche ne troubla la félicité de son heureux amant, de celui qui pour un instant de volupté a pu faire le serment affreux de ne plus la revoir .... Femme plus impérieuse que tendre, combien cher vous m'avez vendu un instant de plaisir ! St. Val, mon cher St. Val, ayez encore pitié de moi, dites que dois-je faire. Hélas ! je n'eus jamais plus besoin de vos conseils, et jamais je n'en fus moins digne.

LETTRE XLII.
ST. VAL À ZEÏR.

Qu'avez-vous fait, imprudent Zeïr, et quels conseils puis-je vous donner désormais ? Les mœurs de notre pays, les préjugés de Madame de Germeuil, ce que vous lui avez promis, tout vous lie à elle ; mais la nature plus forte que toutes les conventions, la reconnaissance plus sacrée que les lois, vous enchaînent à Zulica, vous devez sans doute votre main à Madame de Germeuil, mais dispose-t-on de son cœur ?

Vous vous êtes abusé Zeïr, rien n'efface dans une âme bien née le charme d'un premier et véritable amour ; plus de bonne foi vous eût épargné ces regrets. Le caractère de Madame de Germeuil me déplaît sans m'étonner, il n'est que trop conforme aux mœurs de ce pays.

Si dans le principe de votre liaison vous lui eussiez avoué vos indissolubles engagements avec Zulica, si vous n'eussiez pas flatté sa vanité du triomphe de l'emporter sur une rivale aimée ; ou Madame de Germeuil se serait défendue de vos séductions, ou elle ne serait pas à plaindre. Aujourd'hui le mal est sans remède, il n'est qu'un excès de franchise qui puisse le réparer en quelque sorte.

Gardez-vous de contracter un engagement qui serait votre supplice et le sien sans l'avoir instruite de la vraie situation de votre cœur : cet aveu qui eût dû prévenir ce que vous nommez votre bonheur, doit aujourd'hui servir à l'assurer.

Si nonobstant cet aveu Madame de Germeuil vous épouse, ayez pour elle les égards qu'un honnête homme doit à une femme qu'il estime, soyez époux fidèle et complaisant ; mais demeurez l'Ami de Zulica, vous le devez, et Madame de Germeuil doit faire assez de cas de votre probité pour s'en rapporter de votre conduite à vous-même.

La précaution ridicule qui lui a fait exiger de vous un serment absurde marque trop de faiblesse de votre part et trop de défiance de la sienne, et vous ne pouvez trop tôt vous en faire relever dans la crainte de vous rendre parjure.

En général ces femmes si promptes à s'enflammer, si jalouses, si exigeantes, sont faciles à consoler et quelque coupable que vous le soyez, une femme ne se trompe guère que quand elle le veut sur la nature de nos sentiments pour elle.

Madame de Germeuil n'en mérite pas moins votre reconnaissance. C'est le moindre retour qu'elle doive prétendre de ses bontés pour vous ; mais vous vous devez à vous-même de la sincérité, et tout homme qui peut se résoudre à tromper la plus méprisable de toutes les femmes est encore plus vil qu'elle.

P. S. L'enlèvement de Zulica m'étonne bien moins que celui de Madame de Germeuil, c'est toujours l'infortune qu'on opprime, j'ose croire que vous ne vous en rapporterez pas entièrement à elle du soin de découvrir la retraite de Zulica, croyez-moi, Zeïr, l'extrême jalousie avec la générosité est un phénomène qui ne se rencontre pas souvent.

Sans la mauvaise santé de ma mère, je serais déjà auprès de vous. Ne serait-il pas possible que vous vinssiez me joindre ? Je crains les yeux de Madame de Germeuil pour les aveux que vous avez à lui faire.

LETTRE XLIII.
ST. VAL À ZEÏR.

Je viens de perdre presque subitement la plus aimée des mères, il me reste un Ami, m'abandonnera-t-il sans consolation à la douleur où me plonge ce funeste événement ?

Des affaires de toutes espèces me retiennent encore ici pour longtemps, je compte assez sur votre amitié pour espérer que vous m'accorderez la satisfaction de vous y embrasser incessamment.

LETTRE XLIV.
ZEÏR À ST. VAL.

Je pars au moment où je reçois votre lettre, il ne sera pas dit qu'une passion malheureuse me fera manquer à tous mes devoirs, la voix sacrée de l'amitié se fait encore entendre à mon cœur au milieu du tumulte de mes sens et sauve mon âme avilie du mépris d'elle-même. Sexe enchanteur, je vais te fuir, passion funeste, que ne puis-je de même t'anéantir en moi ?

J'ai reçu votre lettre, j'ai vu Madame de Germeuil et je pars sans avoir eu la force de rompre un silence fatal. Ah ! St. Val, comment porter la mort dans ce cœur qui m'idolâtre ? comment faire couler des pleurs amers de ces yeux qui ne m'en firent verser que de volupté ? Qu'elle est belle, que ce caractère véhément lui donne des charmes.... Cependant le voile est tombé, j'adore Zulica, n'en doutez point, elle est l'amie, la maîtresse de mon cœur, mais Madame de Germeuil règne impérieusement sur mes sens. Les vertus, la candeur de Zulica, cet amour tendre que trois ans d'absence n'ont pu détruire, la conformité de nos âges, celle de nos caractères, tout me lie à elle et me fait détester l'instant d'erreur qui me fit méconnaître mon cœur et oublier mes devoirs. Mais Madame de Germeuil en est-elle moins digne de ma pitié ? en ai-je moins abusé de sa crédulité ? si sa conduite envers Zulica me paraît peu généreuse, est-ce à moi de la juger si sévèrement ? Elle a fui, elle a résisté, n'aurais-je donc profité de sa faiblesse que pour l'abandonner au regret de m'avoir trop estimé ? Vous ne me le conseillez pas, sage et vertueux St. Val, mais vous me prescrivez une sincérité cent fois plus cruelle. De quel front lui avouer aujourd'hui qu'une autre occupe la première place dans mon cœur ? En adoptant les mœurs de votre Europe, j'en ai contracté les vices, je rougirais d'une sincérité dont je me fus fait gloire autrefois, tout s'est confondu dans ma tête et, forcé d'adopter ici le préjugé pour la vertu, j'ai perdu la faculté de distinguer l'un de l'autre.

Lettre XLV.
Zeïr à St. Val.

Je vous écris de ce même lieu où vous eûtes autrefois pitié d'un Ami au désespoir, indulgent St. Val ! c'est ici la retraite d'une sœur chérie et malheureuse dont je causai la perte.

Je ne réfléchis point sans amertume sur ce premier événement d'une vie destinée à être à jamais empoisonnée par la plus douce de toutes les passions.

Cependant j'admire l'effet que le temps et l'absence peuvent produire sur nous. Cette Julie tant adorée, je la reverrais aujourd'hui sans émotion. Qu'est-ce donc que nos cœurs et ce sentiment factice qu'un rien allume et qu'un rien peut éteindre ? pourquoi l'objet qui me transportait autrefois ne m'est-il plus qu'un objet indifférent ? inconcevables caprices du cœur de l'homme, misérables jouets de nos sens, nous trouvons souvent le malheur dans ce qui fit notre suprême félicité, sans qu'il y ait rien de changé que nous-même.

Je suis triste, St. Val, mon cœur est oppressé : ce cœur qui n'est pas fait pour la fausseté ni la trahison se voit avec effroi dans la cruelle nécessité de se rendre coupable de l'un ou l'autre de ces crimes.

Qu'est-ce donc que des conventions qui détruisent toutes les notions primitives de la nature ? La vertu n'est-elle pas une partout ? et serait-il possible que ce qui est bon et honnête à Tahiti fût vicieux chez vous ? toujours douter, toujours se repentir, se reprocher des plaisirs qu'on eût achetés au prix de sa vie, est-ce donc là la félicité ?

Vous me direz, cher Ami, que mes malheurs sont nés de mes fautes ; mais ce sont vos institutions qui ont nécessité ces fautes ; quand les lois sont contre la nature, la nature plus forte que la loi les élude et nous rend coupables. Sans les préjugés de Madame de

Germeuil, j'eusse été vrai avec elle ; sans votre bizarre honneur, je pourrais encore être fidèle à mes premiers engagements. D'où vient donc que vos compatriotes se rendent coupables tous les jours des mêmes fautes, d'où vient qu'ils n'en sont pas punis ? Je suis dans cet instant hors d'état de porter un jugement sur rien, mon âme triste et mécontente cherche à s'éviter elle-même, je vous écris pour me fuir, il n'est pas un mouvement de mon cœur qui ne me soit douloureux. Douce et paisible amitié, sentiment immortel accordé à l'homme par une divinité bienfaisante pour le consoler dans ses misères, viens remplir ce cœur malheureux et que tes divins transports calment le tumulte de mes sens.

C'est l'effet que je me promets de votre présence, cher Ami, et mon âme qui ne sait rien sentir qu'avec excès vole au devant de la vôtre et me fait goûter d'avance le bonheur de me retrouver après une longue absence dans les bras du plus cher de tous les amis.

De tous mes sentimens, voilà le plus vrai, le plus inaltérable ; malheur à l'âme de boue qui peut aimer quelque chose au-dessus de son ami. C'est ainsi que j'aime Zulica, et c'est la seule femme qui m'ait jamais inspiré ce sentiment. Femmes crédules et abusées, ne demandez point à l'homme qui vous plaît s'il est votre amant, ah ! désirez bien plutôt qu'il soit votre ami.

Adieu, cher St. Val, pardonnez au désordre de cette lettre ; mais il semble qu'en vous écrivant je trompe le temps et accélère celui de notre réunion.

Lettre XLVI.
Zeïr à St. Val.

Un Dieu jaloux semble avoir placé pour moi le malheur auprès de la suprême félicité : Zulica est ici, mon Ami, j'habite le même lieu, je respire le même air, je l'ai revue, et un serment funeste me lie et m'empêche de voler à ses genoux ! Écoutez le détail du plus singulier événement.

Plus calme après vous avoir écrit ma dernière lettre, je voulus profiter d'un instant qui me restait avant mon départ pour faire le tour de cette sombre habitation, je voulais revoir ces murs exaucés que je mesurai tant de fois d'un œil de désespoir. Après avoir réfléchi quelque instant sur le changement qui s'était opéré en moi, je me livrais à ce charme imperceptible qu'une âme tendre éprouve toujours au souvenir d'un événement qui l'a vivement affectée.

Après avoir fait le tour de l'abbaye, je me rapprochais lentement du village par une avenue qui est en face : la beauté de la saison, la fraîcheur de l'air, le soleil sur son déclin, dont les rayons mourants se laissaient voir au travers d'un rideau d'arbres, un léger Zéphir qui, en agitant le feuillage, variait ce mouvant tableau, tout portait à mon âme une impression de volupté pure.

Je pensais à vous, mon Ami, au plaisir que j'aurais bientôt de parcourir avec vous ces campagnes riantes, où la bonté du maître a fait de ceux qui les habitent autant d'enfants heureux, qui cultivent l'héritage d'un bon père ; je réfléchissais au bonheur réel dont la plupart de vos Concitoyens se privent par une hauteur ridicule ou une économie mal entendue.

Insensiblement je m'étais oublié moi-même et le souvenir de mes fautes s'effaçait à mesure que je songeais à vos vertus. J'étais à deux pas de l'Abbaye que je ne m'en étais pas aperçu quand tout à coup un cri perçant me tira de ma rêverie, ayant levé les yeux je vis deux femmes à une fenêtre d'où elles s'éloignèrent après m'avoir fait signe d'attendre.

Un mouvement de curiosité plus que tout autre interêt m'engagea de m'arrêter, c'est le dernier sentiment qui meurt en nous, et peut-être que le plus sûr moyen de distraire quelqu'un d'une idée funeste serait d'éveiller sa curiosité sur un autre objet. Je n'eus pas réfléchi deux minutes là-dessus que je vis à la même fenêtre une femme que je crus alors reconnaître pour Zulica. Elle tenait un papier à la main, après l'avoir porté sur sa bouche et appliqué sur son cœur, elle le laissa tomber, je le ramassai précipitamment et j'y lus ces mots.

« Tous mes malheurs sont finis — je t'ai revu, lumière de ma vie, j'eusse donné la mienne pour cet instant de bonheur ! trouve-toi ce soir vers onze heures à la grille du Cœur, tu pourras y voir un moment ta fidèle Zulica et lui entendre renouveler à la face du Dieu qu'on révère ici le serment de n'adorer jamais que toi. »

Je levai mes yeux vers cette tendre amante et mon cœur suivit mes yeux, malgré l'éloignement je crus rencontrer les siens, ils portèrent en moi ce frémissement délicieux que l'accord seul des âmes peut faire éprouver. Sans doute qu'elle est observée, car bientôt après elle me fit signe de m'éloigner. J'obéis lentement et à regret, j'avais oublié dans ce moment et mon serment et Madame de Germeuil, ah ! j'aurais oublié l'univers entier si mon ami n'en faisait partie.

Je tournai plusieurs fois la tête et j'observai que Zulica me suivait des yeux, je la vis les couvrir plusieurs fois de son mouchoir, ses soupirs que je croyais entendre retentissaient dans mon sein, vingt fois je fus tenté de retourner sur mes pas. Moments heureux, moments connus des âmes sensibles, quel plaisir vaut celui de retrouver une amante fidèle après une longue absence !

St. Val, si j'avais donc pu la presser sur mon sein, sentir son cœur palpiter sur le mien, et ses yeux noyés de douces larmes se fixer sur mes yeux enflammés...

Comme elle sait aimer, comme elle communique la sensibilité qui la pénétre à tout ce qui l'entoure. Tant que je la vis, j'étais dans les cieux ; retourné chez moi, je me trouvai au fond du précipice. Que ferai-je, à quoi m'engage ce serment funeste ? Malheureux que je suis j'ai promis et je le demande ! Il est juste que je porte la peine de mon imprudence ; mais l'innocente Zulica, que pensera-t-elle de mon caprice ? Ah rien, son tendre cœur excusera son trop coupable amant et moi je partirai sans la voir, l'adorant, maudissant Madame de Germeuil, ou plutôt m'abhorrant moi-même. St. Val, mon unique Ami, ah ! que n'êtes vous ici, vous me sauveriez du danger qui me menace. L'amour, ce feu céleste, ce principe de toutes les vertus me rendra-t-il toujours vil ? Si je vois Zulica, je fausse ma promesse, si je ne la vois pas, je suis un ingrat, un barbare, je la laisse livrée au désespoir que j'éprouve si je pouvais lui écrire ... il me vient une idée : je vais demander à voir Julie. Votre sœur, cher St. Val, doit avoir des vertus, j'en ferai une amie, une protectrice à Zulica, si je lui fus cher, pourra-t-elle refuser de me rendre un si essentiel service ? Hélas ! sa rivale est presqu'aussi malheureuse qu'elle le fut autrefois. Je ne partirai que demain, mais je ne verrai point Zulica quoi qu'il m'en coûte. Ma parole est sacrée, ah ! si je vous eusse cru, je serais aujourd'hui relevé de cette indiscrète promesse. Puisse Julie me donner les moyens d'écrire à Zulica et puisse le ciel accorder à cette aimable fille tout le bonheur qu'il me refuse.

LETTRE XLVII.
ZEÏR À ST. VAL.

J'ai vu Madame de St. Val, j'ai vu la vertu indulgente et l'amour généreux ; toujours grande, toujours sublime dans sa manière de penser, la tendre Julie qui s'immola à la crainte de ternir son âme pure n'est point sans pitié pour les faiblesses d'autrui.

Je lui ai tout avoué, elle sait mes égarements et les plaint, liée déjà avec Zulica de la plus tendre amitié, la certitude que c'est là cette rivale préférée que tous ses charmes ne purent bannir de mon cœur n'a point refroidi sa tendresse pour son amie.

Avant de savoir le serment qui me lie, elle m'avait offert le bonheur de voir Zulica, quoiqu'elle soit étroitement resserrée ; la vraie vertu n'est point farouche et le bonheur de deux êtres innocents est un spectacle délicieux pour les âmes honnêtes et un hommage pour la divinité ; mais je ne suis plus digne de cette sublime félicité, mon âme chargée de chaînes n'est plus libre dans ses affections, il est juste que je gémisse sous le poids des fers que je me suis donnés. Madame de St. Val a loué ma délicatesse ; cette vraie, cette vertueuse amie a soutenu ma résolution chancelante, elle s'est chargée d'apprendre à Zulica mes derniers engagements, une lettre que je lui ai laissée pour cette tendre fille lui explique les motifs du refus que j'ai fait de la voir. Ah ! St. Val, ai-je assez expié un instant d'erreur ? soit inconstance, soit défaut de caractère, soit l'effet de la contrainte, je ne regarde point sans frémir la nécessité d'être l'époux de Madame de Germeuil, son image se présente à moi sous les mêmes traits, sa beauté parle toujours à mes sens ; mais son âme n'attire point la mienne, elle m'inspirerait peut-être encore plus de transports que Zulica, mais jamais, jamais elle ne me fera sentir cette union intime, cet oubli de moi-même, ce calme profond et délicieux qui anéantit l'univers à mes regards en la présence de Zulica ; de ces deux passions qui me tyrannisent, l'une fut le délire d'un instant, l'autre une affection de mon âme qui ne s'éteindra qu'avec ma vie.

Ô Zulica, fille si tendrement, et j'ose dire encore, si constamment aimée, comment ai-je pu croire que mon cœur eût oublié de vivre en oubliant de t'aimer ?

Admirez, St. Val, la différence de mes sentimens pour ces deux femmes enchanteresses. Lié avec Zulica par le même serment, je le sens, j'eusse vu Madame de Germeuil ; mais Zulica, non, non, elle veut être aimée plus dignement, il lui faut un hommage plus pur, et la vue de son amant souillé d'un parjure pour la voir, lui eût fait verser des larmes de regret sur l'effet dangereux de ses charmes.

Demain, une partie de mes maux seront finis, je vous verrai, St. Val, votre indulgente amitié ne refusera pas des consolations à mon âme affligée et, pour être coupable, je ne vous serai pas moins cher.

Lettre XLVIII.
Madame de St. Val,
Religieuse au Couvent de —
à Zeïr.

Deux ans de réflexions et l'événement singulier qui me donne l'occasion de vous écrire me rassurent sur ma démarche, je ne veux ni me tromper, ni vous en imposer par une apparence d'insensibilité dont je suis loin, je vous aime, Zeïr, mais le calme de mes sens me fait retrouver sans effroi ce sentiment au fond de mon cœur.

Maîtres de nos actions, nous ne le sommes point des mouvements de notre âme. J'ai fait ce que j'ai dû, je me suis arrachée à un péril certain, le ciel ne peut m'en demander davantage.

L'aimable fille à laquelle il vous unit par la plus tendre affection me donnerait l'exemple de la fermeté quand la raison et la nécessité plus forte qu'elle ne m'en feraient pas la loi. Ah Zeïr ! je ne veux pas aggraver vos douleurs ; mais quelle femme a pu vous faire oublier cette fille céleste ? Ni moi, ni Madame de Germeuil, ni peut-être aucune femme n'avons jamais su aimer, c'est à elle qu'il appartient de donner l'exemple de l'amour. Elle sait vos funestes engagements et cette âme aimante, toujours prête à s'immoler au bonheur de ce qui lui est cher, a fait sans hésiter le dernier et le plus rigoureux de tous les sacrifices qui lui restait à vous faire. Indulgente, et juste envers celle qui lui enlève tout, elle consent que vous acquittiez votre parole, et lui rendiez l'honneur que vous lui avez ravi. Victime de nos mœurs, elle s'immole à la probité de son amant : c'est à vous, cher et malheureux Zeïr, à suivre son exemple, si une femme impérieuse et peu délicate veut profiter de l'avantage qu'une indiscrète promesse lui a donné sur vous.

Je vous plains d'autant plus que je ne saurais estimer Madame de Germeuil. Il y a trop de bassesse à vouloir retenir un cœur par force et, quoi que vous en puissiez dire, cette femme est plus passionnée que tendre. Elle causa doublement les malheurs de Zulica : c'est sa funeste jalousie qui mit entre les mains de cette infortunée ce fatal portrait qui l'a rendue victime d'une femme encore plus vindicative, elle vous a trompé en feignant d'ignorer la retraite de Zulica et j'ai de fortes raisons de soupçonner qu'elle a prêté les mains à son enlèvement. Nonobstant cela, vous êtes irrévocablement lié si elle a la bassesse de réclamer votre serment. Toute promesse faite librement, il n'importe à qui, doit être sacrée pour un homme d'honneur. Je gémirai avec vous de cette funeste nécessité et je ne vous en exhorterai pas moins à être ferme. Zeïr, la vertu ne serait qu'un vain nom, s'il ne nous en coûtait rien pour lui rester fidèle. Je me rappelle que vous m'avez objecté vos engagements avec Zulica, vous en sentez vous-même la différence : élevé dans d'autres principes, vous ne lui promîtes rien, le don libre d'elle-même fut payé par votre amour. L'artificieuse Madame de Germeuil n'a voulu se donner qu'à un époux et vous contractâtes cet engagement en profitant de sa faiblesse à ce titre. Mais s'il est de la générosité au fond de son cœur, si elle vous est véritablement attachée, elle ne tardera pas à vous dégager d'un serment devenu pénible.

Je le souhaite, Zeïr, pour vous, pour la tendre Zulica, pour Madame de Germeuil elle-même ; hélas ! si un amour aveugle lui cache ses devoirs, dans cette occasion je ne vois que malheurs pour tous trois.

Adieu, Zulica vous écrit ; puisez du courage dans sa fermeté.

Lettre XLIX.
Zulica à Zeïr.

L'ange de la mort a frappé mon âme, lorsque j'ai reçu ta dernière lettre : Zeïr, mon cher Zeïr, hélas ! le plus cruel de mes maux n'est pas de te perdre, c'est de te savoir malheureux. Si tu pouvais m'oublier, si tu pouvais trouver le repos dans le sein de cette fière beauté, je la bénirais, n'en doute point, ah ! je baiserais la main qui m'assassinerait si c'était pour contribuer à ton bonheur.

Tu le sais, Zeïr, du moment que ton image entra dans mon cœur, je m'oubliai moi-même, ta félicité fut seule l'objet de tous mes vœux ; loin de toi, l'idée que tu étais heureux consola ma misère, tes plaisirs adoucirent mes peines, et mes mains levées vers le ciel demandèrent aux Dieux, non la constance de mon amant, mais son bonheur.

Ils ont rejeté mes prières, le glaive du malheur s'est appesanti sur ta tête et, pour comble d'horreur, j'ai une partie de tes maux à me reprocher.

Ce vif sentiment qui unit notre enfance n'a pu s'éteindre en toi, ma vue et mes malheurs l'ont réveillé dans ton âme, ah ! si j'eusse pu prévoir la force de tes nouveaux engagements, je serais morte mille fois plutôt que de m'offrir à tes yeux.

Zeïr, tu n'es pas criminel comme tu le dis, tes sens t'ont trahi, ton inexpérience t'a perdu, ta maîtresse est plus coupable, pardonne à ma sincérité, mais qu'est-ce donc que cet amour que je ne conçois pas, qui nous rend les tyrans de ceux que nous aimons ? Elle te défend de me voir, va ! nos âmes élancées l'une vers l'autre par la force du sentiment qui nous unit se confondent en dépit d'elle, et au moment où je t'écris du sein de mes misères, mon cœur goûte plus de bonheur que le sien n'est capable d'en concevoir.

Ne crois pas, Zeïr, que je cherche à te faire manquer à une parole sacrée ; que je périsse avant d'avoir avili mon amant ! Chère âme de ma vie ; tes vertus me sont plus précieuses que ton amour, et mon cœur désespéré rejetterait avec effroi un bonheur acheté aux dépens de ton honneur.

Ne crois pas que j'aie adopté des préjugés que je ne conçois pas et des mœurs que je méprise, je n'ignore pas même que selon les lois de l'Europe tu n'es engagé à rien et qu'il faut ici des témoins de ses promesses pour qu'elles soient valables. Loin de nous, Zeïr, ces affreux subterfuges qui déshonorent la vertu et n'en conservent que le simulacre ; tu promis, il suffit ; ton cœur est ton témoin, et ta probité le garant de ta foi.

Il faut être l'époux de Madame de Germeuil, il ne faut plus me revoir si elle persiste à l'exiger ; mais si tu as promis davantage : si tu as juré de ne plus m'aimer, ton serment est nul, on n'a pu promettre ce qu'il n'est pas en son pouvoir de tenir, et si tu n'as pas promis cela, va ! je peux me consoler de tout le reste.

Cependant, Zeïr, une lueur d'espoir brille encore dans mon âme.... J'écrirai à Madame de Germeuil, je lui ferai le tableau de notre union, des années qui ont précédé ton goût pour elle, de la félicité d'où nous sommes déchus, enfin de mes malheurs et des droits qu'ils me donneraient si je pouvais en admettre d'autres que ceux que ton amour me conserve. Peut-être sera t-elle touchée de ma confiance, hélas, le malheur de deux infortunés pourrait-il lui faire un sort agréable ?

Cette démarche, Zéïr, te peinerait sans doute et mon cœur aime à épargner au tien tout ce qui peut lui coûter : je voudrais pouvoir anéantir en toi cet amour qui fit le charme de ma vie ; donner mon âme à Madame de Germeuil, te rendre heureux, et puis mourir.

Lettre L.
Zeïr à Zulica.

C'est en vain, amante trop généreuse, c'est en vain que ton indulgente bonté veut excuser mes fautes, ton coupable amant doit expier dans le désespoir de t'avoir perdue le crime impardonnable d'avoir voulu t'oublier.

Connais tous mes torts et déteste celui qui t'a trahi ; une erreur d'un instant ne m'a point séduit, j'ai dit, j'ai cru que je ne t'aimais plus, j'ai proféré cet horrible blasphème, ma main l'a tracé et mon cœur ne l'a pas désavoué, ah ! l'amour outragé se venge avec fureur, ce sentiment immortel que tous mes égarements n'ont pu éteindre s'est réveillé à la vue de tes innocents appâts, la rage est entrée dans mon cœur, et le premier fruit de mes crimes est le désir d'en commettre de nouveaux.

Sans la crainte de ton mépris, je serais à tes genoux. Que me parles-tu de vertu et de probité, n'ai-je pas tout trahi en t'abandonnant, ne seras-tu donc juste qu'envers les autres ? moi, je serais l'époux de Madame de Germeuil ? moi, je renoncerais à jamais à Zulica ? Cruelle, oses-tu bien me prescrire une pareille loi ? Ah ! si cet horrible sacrifice te coûtait autant que moi, serais-tu si généreuse..... Pardon, ma Zulica, pardon, mon cœur désespéré désavoue ces doutes au moment où ma main les trace. Eh bien, parle, que faut-il faire, qu'en m'immolant j'aie le bonheur de t'obéir ? ah ! j'aime mieux la mort que ton mépris.

Lettre LI.
Madame de Germeuil à Zeïr.

Êtes-vous de concert pour m'outrager et la lettre que je viens de recevoir de Zulica, a-t-elle été dictée par vous ? Homme léger ou faux, était-ce le prix que vous reserviez à tant d'amour ? Eh bien ! connaissez ce cœur dont vous n'étiez pas digne et si votre âme inconstante et faible est susceptible d'un sentiment de tendresse pour celle qui me brave, tremblez pour elle ou tenez vos engagements. Mon honneur compromis et une passion que rien n'a pu vaincre me rendent incapable d'une générosité que l'amour ne connaît point. Ingrat, souvenez-vous du jour où je voulus vous rendre à vous-même : ma mort eût suivi ce douloureux sacrifice, aujourd'hui vous n'en êtes pas digne.

Rappelez-vous vos serments, rappelez-vous à quels titres vous triomphâtes de moi, osez les violer et puis, couvert d'un parjure, allez offrir votre foi à celle que vous trahîtes déjà.

Mais n'espérez pas jouir d'un coupable bonheur, l'inconstance est un vice et même un crime, il est juste que vous expiez les pleurs que vous avez fait verser. Mon parti est pris, vous serez mon époux ou je mourrai vengée.

Ne croyez plus m'abuser par des lenteurs ou me fléchir par des soumissions. Je suis invariable dans mes résolutions, je ne cherche point à me parer de vertus que je n'ai pas : comme j'aime avec fureur, je sais haïr de même.

Mon âme cependant répugne au crime ; mais puisqu'un funeste hasard vous a fait retrouver celle que j'avais éloignée de vous, le sort en déconcertant mes mesures, ne me laisse plus la liberté du choix dans ma vengeance. Je vous renvoie la lettre de Zulica et vous charge de la réponse, tant de miel n'entre point dans mon âme et je ne pourrais la faire sans aigreur.

Lettre LII.
Zulica à Madame de Germeuil.

Le bonheur d'un homme qui nous est également cher, Madame, m'engage à une démarche qui vous paraîtra singulière si nous ne nous accordons pas dans la manière de penser comme dans celle de sentir.

Si j'étais née dans votre pays, Zeïr eût été mon époux, dans le mien il en eut les droits : ils ne furent point violés par moi, malgré les usages de Taïti, le don de mon cœur fut irrévocable. Cependant aujourd'hui je suis forcée à reclamer de votre générosité un droit que dans vos principes vous devriez regarder comme sacré : un amour antérieur au vôtre. Je sais que, lié à vous par un serment, vous êtes libre d'exiger l'accomplissement de cette promesse, mais ne craignez-vous pas qu'en l'y contraignant le souvenir de ses premières amours ne vienne troubler votre bonheur ?

Si votre âme est sensible, croyez-vous qu'on abandonne sans regret ce qu'on aima tendrement ? Le véritable amour n'imprime-t-il pas au fond de l'âme un caractère indélébile que rien ne peut effacer ? Je ne doute point, Madame, du pouvoir de vos charmes, mais enfin, Zeïr m'aima, j'eus ses premiers soupirs : son âme accoutumée à la mienne, peut se souvenir encore de cet accord de sentiments qui fit le charme d'un âge dont les affections fixent souvent le sort de notre vie ; un seul regret de cette espèce peut empoisonner vos jours et les siens.

Je ne vous parle point de moi. Si j'étais sûre que mon amant fût heureux, je ne vous importunerais pas de mes plaintes. Si vous l'aimez, ne devez-vous pas penser de même et peut-on concevoir de plus affreux supplices que de voir souffrir ce que l'on aime ?

Daignez donc, Madame, lui rendre la liberté de disposer de lui, je jure, avec cette sincérité dont rien au monde ne pourra me faire departir, de ne gêner son choix ni par mes plaintes, ni par mes prières ; si mon caractère vous était connu, vous ne douteriez pas de cette promesse.

Si Zeïr m'abandonne librement, je ferai des vœux pour son bonheur et je vous saurai gré de l'avoir rendu heureux.

Ma tendresse pour lui ne sera point altérée par cette préference, mes reproches ne troubleront jamais sa félicité ni la vôtre. Voilà mon cœur, Madame, il est incapable de déguisement.

Ne croyez pas que cette fermeté soit l'effet de la froideur ; j'aime Zeïr plus que moi-même ; parents, patrie, fortune,[23] il me tient lieu de tout, je n'ai que lui dans le monde, j'ai bravé les plus grands périls pour le rejoindre, j'affronterais la mort pour le seul plaisir dont vous me privez : celui de le voir un instant ; nonobstant cela, mon cœur ne voudrait pas du bonheur suprême s'il devait en coûter un regret au sien.

Au nom de l'amour qui gémit dans mon sein, daignez adopter mes sentiments. Celui que Zeïr eut pour vous, vos charmes, votre générosité, tout vous assure alors de sa reconnaissance. Je ne demande pas une préférence qui vous offenserait, ce n'est point un époux que je réclame, hélas ! s'il pouvait cesser d'être mon amant sans être malheureux, j'y consentirais encore ; je conserverais mon amour comme le seul bien qui me restât, heureuse dans mon malheur d'être la seule misérable.

Lettre LIII.
Zeïr à Madame de Germeuil.

J'ai reçu votre lettre, et je pars pour accomplir ma promesse ; voilà ma réponse, Madame ! j'ai pitié de votre situation, et vos emportements m'étonnent sans m'effrayer ; en voici la preuve : j'ai promis d'être votre époux, je le serai ; mais rendu à moi-même par la connaissance de votre caractère, je resterai à jamais l'amant de Zulica, j'adorerai constamment cette âme céleste qui se sacrifia à mon bonheur ; je ne vous le cache pas, ma probité et votre sort étaient dans ses mains, je pars malgré cela sans la voir, je ne la reverrai jamais puisque vous abusez d'un serment arraché à mon délire, mais vous, ... vous ne jouirez pas longtemps de ce triste triomphe. Au reste, ne craignez pas que je vous rende emportement pour emportement, je vous plains sans vous aimer, ni vous estimer désormais. L'amour, quoique vous en puissiez dire, est toujours généreux dans une âme noble, il ne conduit au crime que des cœurs déjà corrompus.

Quand j'ai reçu votre lettre, je me souvenais encore de ce que vous avez fait pour moi, vous me l'avez fait oublier en me le rappelant : si toutefois un don acheté si cher peut être nommé un bienfait, la femme qui put se mettre à un prix quelconque nous dispense je crois de la reconnaissance.

Le second serment que vous exigeâtes de moi * commença de m'ouvrir les yeux sur votre caractère, votre dernière lettre a fait le reste. Vous voulûtes, dites-vous, renoncer à moi et puis mourir, ah ! que n'ai-je péri moi-même avant que de revoir vos dangereux appâts ?

Croyez que si ma mort pouvait rendre le repos à une innocente créature qui s'immole aujourd'hui pour moi, je ferais plus que de la désirer. Adieu, Madame, bientôt je serai votre époux, puisse ce titre vous dédommager de ceux que vous avez perdus dans mon cœur par votre faute.

---

* Celui de ne plus voir Zulica.

Lettre LIV.
Zeïr à Zulica.

Adieu plaisir, bonheur, suprême félicité ; adieu charme de mes premières amours, adieu douce tranquillité d'une âme contente d'elle-même, adieu ma Zulica, adieu tout ! Un voile de tristesse a couvert mon âme, je ne jette autour de moi que des regards sombres et égarés, tout est mort à mes yeux, comme l'espérance au fond de mon cœur.

Si du moins j'avais pu te voir, ma Zulica, me précipiter à tes pieds, y expirer de regret, le dernier moment de ma vie en eût été le plus heureux. J'ai vu, fille céleste, la lettre touchante que tu as daigné écrire à ta fière ennemie, j'ai mouillé de larmes de sang ces caractères chéris où tu peins si naïvement ta tendresse pour un ingrat, j'ai admiré l'excellente bonté de ce cœur adorable qui te fais si bien ménager l'orgueil de ta rivale en intéressant sa générosité, et j'ai gémi sur tes malheurs et sur mes fautes.

C'en est fait, il faut en porter la peine ; victime d'un préjugé ou esclave d'une passion aveugle, une femme impérieuse réclame un serment proféré dans un moment d'ivresse. La lettre la moins ménagée doit lui avoir appris à quel point tu m'es chère et combien m'est odieuse l'union qu'elle me propose ; c'est le dernier effort d'un cœur au désespoir, cependant je commence à connaître trop clairement son caractère pour oser en rien espérer… Celle qui par un vil stratagème sut te ravir la liberté n'est pas susceptible de délicatesse… tu seras libre du moins désormais, chère et trop malheureuse amie ; ta lettre de cachet est levée : quitte une odieuse retraite ; il me reste encore un ami, il t'offre un asile et des consolations, viens unir tout ce que j'aime. St. Val est digne de ta confiance, c'est le plus cher Ami de Zeïr, pourrait-il t'être indifférent ? Cette idée adoucit la douleur qui me dévore ; au sein du désespoir, il me sera doux de penser que mes amis s'occupent de moi, mon âme sera continuellement au milieu d'eux, jusqu'à ce qu'il plaise à l'Esprit bienfaisant dont nous tenons l'être de replonger mon corps dans le repos.

Lettre LV.
Zeïr à St. Val

Le sort qui me poursuit, multiplie les précipices sous mes pas : lisez, St. Val, la lettre que je viens de recevoir ; concevez s'il est au monde de situation pareille à la mienne. Je vole à Paris, je cours sauver, s'il est possible, les jours de cette infortunée, au péril des miens : en attendant, cher Ami, veillez sur le dépôt que je vous confie. Dieu tout puissant daigne conserver la vie à tout ce qui m'est cher, ah ! il n'est pas de malheur que je ne préfère à l'horreur de cette séparation !

Lettre LVI.
Madame de Germeuil à Zeïr.

Épargnez-vous un spectacle qui malgré votre dureté ne pourrait qu'être affligeant pour vous : le ciel me punit sans doute, il brise des nœuds qu'il ne forma point : une chute qu'on a déclarée mortelle m'annonce ma fin prochaine, sauvez-moi dans ce dernier moment la douleur de vous voir si différent de ce que je vous vis autrefois !

Votre dernière lettre a plongé le poignard dans mon sein, j'ai mérité ce traitement, je le sens dans cet instant où l'on ne se dissimule rien, hélas ! voilà l'effet d'une passion immodérée dans un caractère véhément ; vous ne m'aimâtes jamais et je n'aimai jamais que vous ; mon cœur qui cherchait à s'abuser prit facilement le change, vous me montrâtes des désirs, je vous crus de l'amour, ah ! Zeïr, que des femmes se méprennent !

Ce fut alors que je surpris la lettre de votre Ami : l'ascendant de Zulica sur vous me fit éprouver toutes les horreurs de la jalousie. Cependant la raison l'avait emporté, j'étais resolue à vous fuir quand un malheureux hasard vint m'offrir ma rivale, je la craignis et je me crus perdue, l'amour alarmé m'inspira le coupable dessein de l'éloigner, j'eus recours à la Duchesse de Mimieure— son portrait dans les mains de cette jeune Étrangère lui persuada que c'était à elle que vous l'aviez sacrifiée, je servis, je partageai ses fureurs, Zulica fut étroitement resserrée ; je vous laissai ignorer le lieu et les motifs de sa retraite, hélas ! cette ruse fatale m'a été plus funeste que n'eût pu me l'être sa présence puisqu'elle m'a fait perdre votre estime !

Peu sûre de votre cœur, je crus le fixer par les plaisirs ; mais je voulus à mes yeux une excuse de ma faiblesse, vous promîtes tout, je me crus justifiée et heureuse.

Vous partîtes peu après, le doute et la méfiance rentrèrent dans mon cœur ; je fis épier vos démarches, je sus que vous aviez découvert l'asile de Zulica, je vous soupçonnai d'avoir violé votre serment et ce soupçon qui porta le désespoir dans mon âme dicta la dernière lettre qui m'a mérité votre haine.

Ah Zeïr, sans doute votre âme n'a jamais senti les horreurs de la jalousie, si mes fureurs ont pu vous étonner ? dans cet instant où je les déteste, je ne répondrais pas de moi si je voyais une rivale odieuse ! Mais vous, vous me devez votre pitié, sans vous j'aurais vécu heureuse et serais morte innocente, le poison funeste que vous fites couler dans mes sens égara ma raison et corrompit mon cœur ; puissé-je servir d'exemple à des femme trop crédules et les sauver du malheur de payer de toute leur tendresse le caprice d'un moment. Zeïr, si vous m'eussiez aimée, je serais bien moins coupable, votre légèreté nécessita mes fautes, votre amour eût développé en moi de vertu.

Victime malheureuse d'une erreur trop douce, je ne la connus que lorsqu'il n'était plus temps de la réparer. Ce qui eût dû vous fixer accélera votre changement et il ne me resta que le regret de m'être cruellement abusée.

Je suis punie d'une faute, pour ainsi dire, involontaire, un penchant irrésistible m'entraîna à ma perte, vos séductions firent le reste, et cependant je meurs couverte de votre mépris tandis que ma rivale heureuse et adorée ne doit peut-être ses vertus et son bonheur qu'à votre amour et aux circonstances. J'ose cependant espérer qu'un Dieu bon et juste ne me réserve point d'autres châtiments d'une passion qu'il alluma dans mon sein et je quitte sans regret une vie qui ne pouvait plus que m'être odieuse ... que dis-je sans regret, ah ! Zeïr, n'en croyez pas ma fausse tranquillité ! je meurs désespérée de vous avoir perdu : l'image de ma rivale, de ma rivale heureuse me poursuit jusque dans le tombeau ! Zeïr, ingrat Zeïr, comment a-t-elle donc mérité tant d'amour ! Ne vous aimais-je pas comme elle ? N'ai-je pas tout fait pour vous ? Passion aveugle, sentiment bizarre, amour moteur de toutes nos actions, qu'ai-je donc fait pour que tu n'aie produit en moi que des erreurs ou des crimes ?

Jouissez, heureux Zeïr, de la tranquillité que ma mort vous assure, bénissez l'instant qui vous délivre d'un hymen odieux, mais daignez donner un regret à celle qui vous adora. Ne cherchez plus à allumer dans un cœur innocent cette passion dangereuse que l'éducation et le préjugé rendent toujours ou criminelle ou malheureuse pour notre sexe et, si vous n'êtes sans pitié, donnez une larme à mon sort. Adieu, Zeïr, tout est fini pour moi, je ne regrette que vous au monde, je vous laisse tout ce que je possédai, recevez ce don sans horreur et, en songeant à mes égarements, souvenez-vous quelquefois du sentiment qui les causa.

LETTRE LVII.
ZEÏR À ST. VAL.

Auriez-vous cru, St. Val, l'aurais-je cru moi-même, qu'en recouvrant ma liberté j'eusse été presque aussi désespéré que je le fus au moment de la perdre ?

Si vous n'avez jamais vu mourir quelqu'un qui vous fut cher et envers lequel vous eussiez des torts à vous reprocher, vous n'avez pas d'idée de ce que j'ai souffert pendant les quinze jours qu'a duré la maladie de Madame de Germeuil.

J'arrivai chez elle deux jours après vous avoir envoyé sa dernière lettre, elle était mieux et l'on espérait de sa vie : ma vue lui fit une impression si violente que je me repentis de m'être présenté sans précaution, cependant l'émotion fit place à la joie et le lendemain les médecins declarèrent qu'elle était presque sans danger, et aussi bien qu'il était possible pour sa situation. Le plaisir que j'en témoignai n'était pas équivoque, elle y parut si sensible que j'en fus attendris, je pris sa main et la portai sur mes lèvres, avec une ardeur qui la fit tressaillir ; elle me fixa quelques instants en silence, comme profondément occupée ; puis elle me demanda d'un ton de voix assez ferme si je me sentais le courage de lui répondre sincèrement à la question qu'elle allait me faire. Je l'en assurai ; eh bien Zeïr, me dit-elle, en me regardant avec inquiétude, votre réponse va m'ôter un doute cruel qui empoisonne mes derniers moments : préférez-vous ma mort au malheur de m'épouser ? À Dieu ne plaise, lui répondis-je avec véhémence, qu'une pareille idée se présente jamais à moi, je donnerais ma vie pour sauver la vôtre, n'en doutez point ; elle me serra la main en me disant : je meurs contente, puisque je ne vous suis pas un objet d'horreur. J'aurai, ajouta-t-elle, une dernière grâce à vous demander, mais il n'est pas temps de vous l'apprendre.

Elle changea de discours après cela, et de tout le reste du jour il ne me fut pas possible de la ramener sur ce sujet. Le lendemain elle fut assez bien, à une légère oppression près, qui me fit craindre qu'il ne se formât un dépôt dans la poitrine, j'en parlai au médecin qui fut de mon avis. Cette crainte m'ayant occupé toute la journée, j'oubliai notre conversation de la veille, ce ne fut que deux ou trois jours après que la voyant dans un moment assez calme, je la suppliai de nouveau de m'apprendre ce qu'elle désirait de moi : non, me dit-elle d'un ton à me persuader que je ne la fléchirais pas, il n'est pas encore temps de vous en instruire, vous le saurez bientôt, continua-t-elle avec un soupir : et les marques de votre pitié sont parvenues à m'en faire craindre le moment, autant que je le désire !

Je ne compris rien au sens de ces paroles : nous continuâmes à causer assez tranquillement jusque vers le soir où il lui prit une faiblesse qui nous effraya tous. Revenue à elle et remarquant l'inquiétude qui était peinte sur mon visage : encore une secousse de cette espèce, me dit-elle, et je crois qu'il sera temps de vous révéler mon secret. Là-dessus appelant le médecin, elle le pria de ne lui rien cacher de son état et parut même s'impatienter toutes les fois qu'il lui diminuait le danger.

Attribuant ce désir trop visible de mourir à ses malheurs, je voulus la distraire de ses sombres idées, elle s'en aperçut, et fit un sourire en me disant que j'étais dans l'erreur sur le motif de son souhait : elle continua d'interroger le médecin, et toutes les fois que, pressé par elle, il lui faisait envisager un danger certain, une joie visible se peignait sur sa figure. Je m'examinais moi-même pour savoir si, par quelque inadvertance, je n'aurais pas donné lieu à ce vif dégoût de la vie.

Je lui fis quelques reproches à ce sujet, elle me remercia tendrement et changea de discours sans doute de crainte de m'affliger. La nuit de ce jour-là fut assez mauvaise ; le lendemain une fièvre violente décida la maladie, tous les médecins s'accordèrent à la trouver désormais mortelle : la nuit du même jour, elle voulut absolument que je me retirasse et le médecin dans lequel elle avait le plus de confiance la passa auprès d'elle.

J'ai su de lui qu'ayant fait éloigner tout le monde, elle voulut savoir sa véritable situation, il éluda d'abord ses questions, mais Madame de Germeuil lui ayant fermement déclaré qu'elle ne voulait pas être trompée, et que c'était le dernier et le plus important service qu'il put lui rendre, le médecin crut qu'il s'agissait de régler quelques affaires de famille ou de conscience, et lui déclara qu'à moyen d'un miracle elle n'avait pas plus de trois jours à vivre.

Après l'avoir remercié de sa sincerité, Madame de Germeuil lui fit présent d'un très beau brillant et le pria de ne parler de la scène qui venait de se passer qu'après sa mort.

Le matin je la trouvai plus abattue et toute cette journée fut cruelle, le second jour des trois dont le médecin lui avait repondu elle fut mieux que jamais, mais moins gaie qu'à l'ordinaire, et j'entendis distinctement qu'elle lui disait ces mots : *m'auriez-vous trompée*, il n'y répondit pas et je ne voulus point les relever dans la crainte de la peiner.

Sur le soir la fièvre, ayant redoublé avec violence, lui rendit un instant de vigueur en achevant d'épuiser le reste de ses forces ; faisant alors un dernier effort pour les ranimer, elle me fit signe de m'approcher : je crois, me dit-elle, que je ne risque plus rien à vous faire la demande qui m'occupe depuis quelques jours : voulez-vous bien, Zeïr, que j'emporte au tombeau le nom de votre épouse ? J'inclinai ma tête sur ses mains et, les sentant mouillées de mes pleurs, elle me demanda si ce sacrifice me coûtait trop ? Vous pouvez le faire sans péril, ajouta-t-elle avec un soupir qui me perça l'âme, daignez ne pas m'ôter la consolation d'oser me livrer à mon amour dans ce dernier moment et ne me faites pas mourir criminelle.

Vivez, lui répondis-je, avec un torrent de larmes qu'il ne me fut plus possible de retenir, femme trop infortunée, et que le ciel puisse bénir une union formée sous de si tristes auspices. Elle me serra la main, et ordonna qu'on fît entrer un Religieux qui la confessait et qu'elle avait fait appeller. Après lui avoir fait à haute voix un aveu naïf de ses fautes et de notre liaison, elle le pria de nous donner la bénédiction nuptiale. Il ne crut pas devoir la refuser à ses touchantes prières, quoique la dispense et les principales cérémonies eussent été omises.

Je pris sa mourante main et je prononçai distinctement, mais non sans quelque émotion, ce Oui terrible qui lie à jamais le sort de deux époux, elle le répéta à son tour et je vis briller dans ses yeux une joie que je n'y avais pas encore vue.

La cérémonie achevée, elle reprit ma main qu'elle porta à sa bouche, en me disant : soyez mille fois béni pour cet acte de générosité, ah ! Zeïr, mon âme n'est pas faite pour le vice, et je meurs trop heureuse puisque vous m'avez rendu l'innocence. Je ne répondis à ces paroles que par mes sanglots, mon âme était pénétrée, cher St. Val, quel spectacle ! qui pourrait voir de sang froid la beauté mourante et la jeunesse sur un lit de mort ?

Les signes non équivoques de ma vive douleur ont paru la ranimer un instant ; mais insensiblement sa voix s'est alterée ; sa respiration plus fréquente, la faiblesse de son pouls nous ont preparés à sa perte ; bientôt après elle a perdu la connaissance et un léger effort de la main pour serrer la mienne a été le dernier de ses mouvements.

Ne me demandez pas ce que je suis devenu ensuite, l'on m'a entraîné de force hors de ce lieu funeste, et ce n'est que huit jours après ce fatal événement que j'ai pu prendre sur moi de vous en faire le détail.

L'infortunée Madame de Germeuil m'a institué son légataire universel et ces tristes arrangements me retiendront ici encore quelques mois ; je crois d'ailleurs devoir des larmes à sa mémoire avant de revoir celle qui seule aurait le pouvoir de les essuyer. Je connais trop son cœur pour craindre qu'il s'offense de cette délicatesse : l'Époux de Madame de Germeuil doit pleurer sa mort avant d'oser se souvenir qu'il fut l'amant de Zulica. C'est vous, St. Val, que je charge de veiller sur cette chère amie, adoucissez-lui mon absence, et croyez l'un et l'autre que quelque chose qui m'affecte, l'amitié sera toujours la plus chère de mes affections.

Il y a un intervalle assez long entre cette lettre-ci et la précédente, plusieurs lettres de St. Val ont été égarées, mais comme elles ne contenaient que des réflexions sur les effets des passions, l'on suppose que le lecteur n'a rien perdu s'il veut prendre la peine de les faire lui-même.

LETTRE LVIII.
ZEÏR À ST. VAL.

J'ai satisfait, cher Ami, aux tristes et derniers devoirs qui m'avaient été imposés, rien ne me retient plus ici et je crois pouvoir quitter désormais un lieu qui ne me rappelle que des malheurs, heureux si j'ai pu acquérir la sagesse à ce prix. J'espère racheter mes erreurs passées à force de vertu et retrouver encore le bonheur qui en est le fruit.

Adieu ! plaisirs grossiers qui séduisîtes ma raison et égarâtes ma jeunesse ; je n'ai trouvé dans votre possession que dégoût ou amertume ; adieu Paris, ville de boue et de fumée,[24] où la vertu est écrasée par le vice, où la pauvreté est un défaut et la richesse un mérite ; adieu ! femmes vaines dont j'encensai trop longtemps l'orgueil ; adieu ! sirènes enchanteresses qui cachez sous l'attrait des grâces des âmes viles et vénales ; adieu ! beautés impérieuses auxquelles il ne faut que des esclaves, un cœur honnête et simple m'assure le bonheur que vous me fîtes entrevoir ; adieu ! trompeurs amis dont la feinte urbanité en imposa à ma franchise, un ami sincère me promet toutes ces vertus dont vous me montrâtes l'ombre ; adieu ! insolents protecteurs qui ignorerez à jamais l'art délicat d'obliger ; adieu ! vains discoureurs dont les brillantes saillies coûtent tous les jours l'honneur à quelqu'un ; adieu ! amusements frivoles d'un cœur qui cherche à s'éviter ; adieu enfin monde trompeur, adieu pour jamais ! J'ai connu le néant de tes plaisirs et mon âme échappée au vice au milieu de ses égarements a conservé le goût des vrais biens.

C'est auprès de vous, St. Val, c'est dans la société d'une femme adorable que j'espère retrouver ce calme heureux de mes premières années et cette joie pure que de longs malheurs avaient bannis de mon âme. Bientôt des exemples seuls de vertu frapperont mes regards, bientôt l'accord de l'amour et de l'innocence réaliseront pour moi cet état d'enchantement dont il n'appartient qu'aux cœurs honnêtes de se faire une idée.

Cet espoir accélère mon bonheur et je fais les préparatifs de mon départ dans une joie qui tient du délire ... Je reçois un paquet de Londres, il ne peut être que de Johnston... L'on m'envoie un billet de banque de 4000 livres Sterling, avec prière de le remettre à Zulica. Comment a-t-il pu apprendre mon nom et ma résidence ? Il y a de la délicatesse dans son procédé mais Zulica n'a désormais besoin de rien ; je vais le renvoyer en l'assurant de son bonheur et de sa reconnaissance, son cœur est fait pour conserver le souvenir des bienfaits en perdant celui des offenses. Adieu, cher St. Val, je suis cette lettre, et mon cœur n'a point d'expressions pour vous peindre l'impatience que j'ai de me retrouver dans vos bras.

Lettre LIX et dernière.
St. Val à sa Sœur,
Religieuse au Couvent de - - -

J'ai vu pour la première fois de ma vie l'union de deux amants vraiment heureux, vraiment épris l'un de l'autre. Votre amie, ma Sœur, est devenue l'Épouse de Zeïr, un lien indissoluble enchaîne cet amant volage, que la fougue de ses sens et toutes les beautés de l'Europe n'ont pu rendre inconstant. * Eh ! quelle femme eût pu lui faire oublier celle qui eut son premier hommage ? qui peut avoir été aimé de Zulica et s'accoutumer à un autre amour ? il faut avoir connu cette fille enchanteresse pour se faire une idée de la manière dont une femme tendre sait aimer.

Zulica dans tout ce qu'elle fait ne voit que Zeïr, ne songe qu'à lui, ne s'occupe que de ce qui peut lui plaire. Elle n'a point de bonheur en propre, c'est de celui de son amant qu'elle est heureuse : il absorbe toute sa sensibilité et je n'en ai jamais vu une pareille.

J'avais voulu ménager à Zeïr le plaisir de la surprise, en lui laissant ignorer que Zulica était ici, et je n'avais pas eu peu de peine à l'empêcher de voler à sa rencontre lorsque nous entendîmes le bruit de sa chaise, ce ne fut qu'en l'assurant que le plaisir de son amant serait plus vif que je l'engageai à retarder le sien. Malheureusement, Zeïr plus prompt que moi, traversa les cours avec une impétuosité qui fit que nous croisâmes ; il revint sur ses pas, et nous perdîmes quelques instants que la tendre Zulica comptait sans doute par autant de battements de son cœur ; je l'entraînai enfin vers l'appartement où je l'avais laissée, il se laissait conduire dans une entière sécurité, je m'applaudissais de la joie que j'allais lui causer lorsqu'ouvrant brusquement la porte, j'aperçus Zulica sans connaissance à la place où je l'avais laissée.

Cette douce et sensible créature s'était fait un effort si violent pour me tenir sa promesse que ses sens y avaient succombé ; Zeïr était à ses pieds dans un état plus aisé à concevoir qu'à décrire, et moi, au désespoir de mon innocent stratagème, je maudissais l'instant qui me le fit imaginer ; cependant Zulica revint bientôt à elle et la joie fit oublier à Zeïr cet instant de frayeur. Pour elle, toujours occupée de son amant, elle s'affligea de la mortelle alarme qu'elle avait dû lui

---

* Quand on se permet si souvent d'être infidèle, il n'y a guère de mérite à être constant.

causer, s'accusa de trop de faiblesse, justifia mon intention et dans tout cet événement n'oublia qu'elle-même.

La première soirée fut un vrai délire, l'accord de deux cœurs sincèrement unis est bien rare, nous étions trois, et il eût été difficile de deviner lequel était le plus cher l'un à l'autre !

Longtemps avant l'heure ordinaire de se coucher, Zulica pressa Zeïr d'aller prendre du repos, cette âme aimante qui s'immole toujours au bien-être de ce qu'elle aime, se priva volontairement de deux heures de bonheur, dans la crainte de dérober à Zeïr un instant de sommeil, et savez-vous à quoi elle passa le reste de cette nuit, je l'ai su de sa fidèle Fanni : à contempler le portrait de cet heureux amant. Voilà l'amour sans doute, ah ! jamais on n'en connut mieux toutes les délicatesses.

Le lendemain Zeïr, comme s'il eût encore craint de se la voir arracher, lui proposa d'unir son sort au sien, Zulica sourit, elle lui demanda s'il croyait que désormais rien pût détacher son âme de la sienne ? Non, maîtresse de ma vie, s'écria Zeïr avec transport : mais s'il était quelques liens encore plus intimes, je les inventerais pour m'unir à toi. Zulica répondit que la volonté de son amant était sa suprême loi et l'impatient Zeïr fixa la cérémonie au lendemain.

Elle se fit sans pompe ainsi qu'ils l'avaient exigé, le pur amour y présida, et l'amitié fut garant de ses serments.

Zulica, parée de tous ses charmes, l'innocence sur le front, et la candeur sur les lèvres, jura de n'aimer jamais que son cher Zeïr, qui promit à son tour de ne plus profaner un cœur consacré au pur amour, tandis que l'heureux ami de ce couple fortuné, se promettait à lui-même de borner toutes ses affections à la douce amitié tant qu'il ne trouverait pas une femme comme Zulica.

Vous reverrez bientôt, ma Sœur, cette aimable Amie, son Mari vous demande la permission de l'accompagner, ainsi qu'un frère qui vous fut cher autrefois. Chaste vestale du Seigneur, ne vous refusez pas un innocent plaisir, tant que le feu sacré brûle, vous n'avez rien à vous reprocher. Adieu ! ma chère Julie, Zeïr prend ma plume, il faut bien le laisser vous parler de son bonheur.

Zeïr continue.

Dans trois jours, Madame, vous verrez un couple aimé du Ciel, si le bonheur est une preuve de son amour. Tous mes maux sont finis, et l'imprudent Zeïr après tant de fautes et de malheurs est au comble de la félicité par la constance d'une femme qu'il adore. Vous la connaissez, Madame, elle fut votre amie et vous savez comme elle mérite d'être aimée, mais ce que personne ne saura jamais, c'est à quel point elle m'est chère, elle prétend le savoir mieux que moi, la voilà qui lit par dessus mon épaule ce que je vous écris, si elle était Française, je la taxerais d'un peu de jalousie, car après elle, vous êtes la femme que j'aime le plus au monde.

Zulica continue.

Non, charmante amie, non, je ne suis point offensée des sentiments que mon amant vous conserve ; pardonnez-moi ce mot, chaste Julie, il flatte plus mon cœur que tous ceux qu'on a inventés dans votre Europe pour resserrer les nœuds de l'amour. Zeïr est tout ce que j'aime ; mon Frère, mon Ami, mon Époux puisqu'on l'a voulu ; mais une vaine cérémonie ne changera rien à mes sentiments. Zeïr est aussi libre qu'il le fut jamais, mon cœur qui l'affranchit de vos lois n'en a pas besoin pour lui être fidèle. Adieu ! ma bonne, ma sincère Amie, vous verrez bientôt les plus tendres Amis que vous ayez et les gens les plus heureux qui existent.

FIN.

Notes

1. Cette épigraphe n'apparaît que dans la première édition (Breslau, 1784). Elle est tirée de la septième lettre de la sixième partie du roman de Rousseau *La Nouvelle Héloïse*. Il s'agit de la réponse de Saint Preux à la première lettre qu'il reçoit de Julie, devenue Mme de Wolmar, après sept ans de séparation et silence. Jean-Jacques Rousseau, *Œuvres complètes,* ed. par Bernard Gagnebin et Marcel Raymond (Paris : Gallimard, 1964), II, p.275. *Soins* est à entendre ici comme *inquiétude, peine d'esprit, souci* (*Dictionnaire de l'Académie française*, 1762). Monbart reprend la formule de Rousseau dans les derniers épisodes des *Lettres tahitiennes*. Avec les retrouvailles de Zeïr et Zulica éclatent la force et la pérennité de leurs premiers sentiments. Zulica écrit ainsi à Madame de Germeuil : « Le véritable amour n'imprime-t-il pas au fond de l'âme un caractère indélébile que rien ne peut effacer ? » Monbart, *Lettres tahitiennes*, 113.

2. Monbart emprunte cet incipit à Bougainville, qui commence son chapitre « Description de la nouvelle île [Tahiti], mœurs et caractère des habitants » par la phrase « L'île à laquelle on avait d'abord donné le nom de *nouvelle Cythère reçoit de ses habitants celui de Taiti.* » Louis-Antoine de Bougainville, *Voyage autour du monde,* ed. par

Michel Bideaux et Sonia Faessel (Paris : Presses de l'Université Paris-Sorbonne, 2001), p.221.

3. Les éditions consultées utilisent le verbe *épare*, mais ce terme d'équitation qui désigne un cheval faisant des ruades (*Dictionnaire de l'Académie française, 1762*) est tout à fait improbable ici. Nous avons donc préféré le verbe *parer*, dans le sens d'*orner*, d'*embellir* (*Dictionnaire de l'Académie française, 1762*) qui s'inscrit naturellement et logiquement dans le texte de Monbart.

4. C'est la « Lettre de Commerson, » naturaliste à bord de la *Boudeuse*, publiée par le *Mercure de France* en novembre 1769, qui inspire ici Monbart : « Ils ne reconnaissent d'autre Dieu que l'amour ; tous les jours lui sont consacrés, toute l'île est son temple, toutes les femmes en sont les idoles, tous les hommes les adorateurs. » Mais Monbart gomme quelque peu la forte métaphore religieuse de Commerson. Louis-Antoine de Bougainville, *Voyage autour du monde*, ed. par Michel Bideaux et Sonia Faessel, p.402.

5. Monbart suit de nouveau Commerson, qui parle du respect que les Tahitiens portent à « leurs morts qu'ils ne regardent que comme des gens endormis. » Louis-Antoine de Bougainville, *Voyage autour du monde*, ed. par Michel Bideaux et Sonia Faessel, p.403.

6. L'exclamation de Zulica qui ouvre le roman répond d'entrée de jeu à la question pratique qui n'aurait pas manqué d'intriguer les lecteurs : *comment ces Tahitiens savent-ils écrire en français ?* Elle permet aussi d'introduire immédiatement la problématique centrale de l'ouvrage : *nature / culture*. A cet éloge initial de l'écriture succèdera vite la méfiance, dès la fin de cette lettre, où Zulica présente l'écriture comme la marque même du manque, de l'absence qu'elle prétend réparer. Zeïr s'inquiètera dans la lettre VI de ce que l'écriture en français mette en danger une communication véritable entre les deux amants. On voit ici l'influence de Rousseau, en particulier dans l'*Essai sur l'origine des langues* de 1781, dont les passages sur l'écriture seront plus tard analysés par Derrida dans *De la grammatologie* (1967).

7. Ces détails sur les compagnes de Zulica ainsi que la note en bas de page soulignant l'égalité sexuelle censée régner à Tahiti permettent à Monbart de mettre en exergue un aspect des mœurs tahitiennes dont font mention Bougainville et Commerson mais sur lequel ils ne s'arrêtent pas.

8. Cette bataille navale est une invention de Monbart. Il n'en est fait mention dans aucun récit. Les navires européens ne se croisaient que très rarement dans le Pacifique et n'auraient pas eu, à cette époque, de raison pour se livrer bataille.

9. On pense ici aux *Lettres persanes* de Montesquieu (1721) et aux réflexions de Rica sur les réactions à son « habit persan. »

10. Les comparaisons culturelles et linguistiques avancées par Zeïr sont tirées de Bougainville, dans une longue réponse aux détracteurs d'Ahuturu raillant l'incapacité du Tahitien à maîtriser le français après deux ans à Paris. Louis-Antoine de Bougainville, *Voyage autour du monde*, ed. par Michel Bideaux et Sonia Faessel, p.234.

11. On reconnaît ici les idées phares de la physiocratie, qui rejette le monétarisme et préconise une économie fondée sur la prospérité de l'agriculture.

12. Le mot *bruyant*, employé comme substantif, se trouve dans les trois éditions du roman. Cet usage n'est répertorié ni dans les dictionnaires ni chez les auteurs de l'époque. Le sens de « vacarme humain » en est assez clair, nous n'avons donc pas jugé utile d'altérer l'original.

13. L'analyse de St Val emprunte à Rousseau l'idée de *perfectibilité* ainsi que les trois *gradations* (« degrés » sous la plume de Monbart) du développement humain, conceptualisées dans le *Discours sur l'origine et les fondements de l'inégalité parmi les hommes* (1755). Jean-Jacques Rousseau, *Œuvres complètes,* ed. par Bernard Gagnebin et Marcel Raymond, III, pp.109–233.

14. Monbart souscrit pleinement au « culte de l'amitié » du dix-huitième siècle (Albert Béguin, « Une amie française de Jean-Paul : Madame de Monbart (Joséphine de Sydow) », *Revue de littérature comparée,* 15 (1935), 52). Comme dans la *Nouvelle Héloïse* où Rousseau fait de l'amitié entre Claire et Julie le pendant de l'amour entre Julie et St. Preux, l'amitié qui unit St. Val à Zeïr est de la même essence et de la même intensité que le sentiment amoureux. (St. Val écrit ainsi à Zeïr que "l'amitié est comme l'amour," Monbart, *Lettres tahitiennes*, 78.) Tout au long du roman, les deux hommes échangent des déclarations passionnées de leur amitié l'un pour l'autre. Dans ses *Mélanges de littérature*, Monbart donne déjà à l'amitié une place primordiale. L'héroïne du conte moral *Claire* peut ainsi guérir de sa passion amoureuse mais non se consoler de la perte de son amie. Le conte *Corine & Julie* est axé sur l'amitié des deux personnages éponymes tout comme *Les deux nègres*, où l'amitié entre Amor et Zembri éclipse l'amour pour une femme.

15. L'injonction de St Val à Zeïr prépare la conclusion du roman, où le paradis terrestre ne se trouve ni à Tahiti ni à Paris, mais à la campagne dans l'union hybride des avantages et de la nature et de la culture.

16. Dans son traité pédagogique *Sophie, ou de l'éducation des filles*, publié à Berlin en 1777, Monbart s'inquiète déjà du « dangereux excès » de l'éducation religieuse des jeunes filles de son époque, qui conduit

de nombreuses « infortunées » à reporter sur Dieu les sentiments qu'elles s'interdisent d'éprouver pour des hommes de chair et de sang et à entrer dans les ordres. Monbart peint un tableau effrayant de la vie cloîtrée : ces religieuses malavisées « consument leur vie dans les larmes, & meurent désespérées ». Elle préconise au contraire une vie plus conforme à « la nature », celle d'une épouse et « bonne mere [sic] de famille ». *Sophie, ou de l'éducation des filles* (Berlin : Decker, 1777), 111.

17. L'attaque virulente de Monbart contre l'institution conventuelle évoque *La Religieuse* de Diderot, roman publié en feuilletons dans la *Correspondance littéraire* de 1780 à 1782. Nous ne savons cependant pas si Monbart a eu connaissance de l'œuvre de Diderot ou si elle s'inspire d'observations sur la vie cloîtrée qu'elle a pu faire lors de ses études au couvent.

18. La référence à la théorie des climats popularisée par Montesquieu dans *De l'Esprit des Lois* (1748) est rendue ici de manière très personnelle. Monbart gardera toujours le souvenir du Languedoc de son enfance et y trouve la source de son propre tempérament. En janvier 1800, elle écrit ainsi à Jean-Paul : « Cependant, je vous défie de sentir plus vivement, ceci tient peut-être au climat, qui m'a vu naître et le soleil du Languedoc brûle encore sur ma tête au milieu des glaces de la froide Poméranie. » Jean Paul Friedrich Richter, *Denkwürdigkeiten aus dem Leben von Jean Paul Friedrich Richter,* ed. par Ernst Förster et Emanuel Osmund, (München : E.A. Fleischmann, 1863), 192.

19. Monbart essaiera elle-même de mettre ces principes en pratique dans son domaine de Klein-Rambin. Elle détaille ses efforts dans ses lettres à Jean-Paul, en particulier celle du 2 novembre 1799. Jean Paul Friedrich Richter, *Denkwürdigkeiten aus dem Leben von Jean Paul Friedrich Richter,* ed. par Ernst Förster et Emanuel Osmund, 185.

20. Pourtant crucial tant pour l'intrigue du roman que pour la dénonciation du sort fait à l'Autre par l'Europe des Lumières, le viol de Zulica est souvent minimisé voire passé sous silence par les critiques. Les interprétations de cette lettre comme un sacrifice consenti par Zulica « pour sauver ses compatriotes » ou pour « pay[er] son passage [en Europe] à la façon de Sainte Marie l'Egyptienne » ne résistent pas à une lecture attentive de la lettre. Respectivement Sonia Faessel, « L'Utilisation du mythe de Tahiti dans les *Lettres Tahitiennes* de Mme de Monbart (1786) », *Visions des îles : Tahiti et l'imaginaire européen. Du mythe à son exploitation littéraire (XVIIIe-XXe siècles)* (Paris : L'Harmattan, 2006), 163 et Gilbert Chinard, *L'Amérique et le rêve exotique* (Paris : Droz, 1934), 421.

21. Le modèle vivant de Zeïr, Ahuturu, avait fortement marqué les esprits parisiens du fait de son attirance pour le sexe féminin. Bernardin de St Pierre écrit que « [Ahuturu] aime les femmes à la fureur » tandis que le Président de Brosses note qu'« [i]l est fort ardent pour voir des femmes » et inclut des détails piquants. Louis-Antoine de Bougainville, *Voyage autour du monde*, ed. par Michel Bideaux et Sonia Faessel, p.417 et p.418.

22. La bataille de Poltava (à présent Pultawa, en Ukraine) que livre l'armée de Charles XII de Suède à celle de Pierre Ier de Russie voit la défaite de Charles XII le 8 juillet 1709 et met fin à l'expansion militaire de la Suède.

23. A la lettre XXI, après être devenue la victime de Johnston, Zulica écrit n'avoir « plus d'amis, plus de parents, plus de patrie. » Ici, c'est donc Zeïr qui remplace, presque mot pour mot (« parents, patrie, fortune »), ce que Zulica a perdu.

24. Les adieux de Zeïr à Paris font écho à ceux d'Emile au dernier paragraphe du quatrième livre de *l'Emile* : « Adieu donc Paris, ville célèbre, ville de bruit, de fumée et de boüe, où les femmes ne croient plus à l'honneur, ni les hommes à la vertu. Adieu, Paris ; nous cherchons l'amour, le bonheur, l'innocence, nous ne serons jamais assés loin de toi. » Jean-Jacques Rousseau, *Œuvres complètes*, ed. par Bernard Gagnebin et Marcel Raymond, IV, 691.

Bibliographie

Béguin, Albert, 'Jean Pauls französische Freundin', *Zeitschrift für Bücherfreunde,* 38 Jahrgang, Dritte folge III, heft 7 (1934), 142–146

— —, 'Une amie française de Jean-Paul : Madame de Monbart (Joséphine de Sydow)', *Revue de littérature comparée,* 15 (1935), 30–59

Bougainville, Louis-Antoine de, *Voyage autour du monde,* ed. par Michel Bideaux et Sonia Faessel (Paris : Presses de l'Université Paris-Sorbonne, 2001)

Briquet, Fortunée B., *Dictionnaire historique, littéraire et bibliographique des françaises et des étrangères naturalisées en France, connues par leurs écrits ou par la protection qu'elles ont accordée aux Gens de lettres, depuis l'établissement de la Monarchie jusqu'à nos jours* (Paris : Indigo & Côté-femmes, 1997)

Chinard, Gilbert, *L'Amérique et le rêve exotique* (Paris : Droz, 1934)

Diderot, Denis, *Supplément au Voyage de Bougainville,* ed. par Gilbert Chinard (Paris : Droz, 1935)

Douthwaite, Julia V., *Exotic Women. Literary Heroines and Cultural Strategies in Ancien Régime France* (Philadelphia : U of Pennsylvania P, 1992)

Elliot, Jane, 'The Choosers or the Dispossessed ? Aspects of the Work of some French Eighteenth-Century Pacific Explorers', *Oceania,* 67 Issue 3 (March 97), 234–57

Faessel, Sonia, 'Le mythe de Tahiti : de l'expérience des voyageurs à l'exploitation littéraire et philosophique dans les œuvres du XVIIIe siècle inspirées de Tahiti.' Thèse de doctorat. Université de Paris-Sorbonne, 1990.

— —, 'L'Utilisation du mythe de Tahiti dans les *Lettres Tahitiennes* de Mme de Monbart (1786)', *Visions des îles : Tahiti et l'imaginaire européen. Du mythe à son exploitation littéraire (XVIIIe-XXe siècles)* (Paris : L'Harmattan, 2006)

Gautier, J[ean]-M[aurice], 'Tahiti dans la littérature française à la fin du XVIIIe siècle [: quelques ouvrages oubliés]', *Journal de la Société des Océanistes,* III. No 3 (décembre 1947), 43–56

Giraud, Yves, *Bibliographie du roman épistolaire en France, des origines à 1842* (Fribourg : Editions Universitaires Fribourg Suisse, 1977)

Graffigny, Françoise de, *Lettres d'une Péruvienne*, ed. par Joan DeJean et Nancy K. Miller (New York : MLA, 1993)

La Peyrouse dans l'Isle de Tahiti, ed. par John Dunmore (London : MHRA, 2006)

Marcellesi, Laure, 'Tahitian Voices : Mme de Monbart, Rousseau, and Diderot', *Options for Teaching Seventeenth and Eighteenth-Century French Women Writers*, ed. par Faith Beasley (New York : MLA, 2011), 269–279

Monbart, Joséphine de, *De l'éducation d'une princesse* (Berlin : Himburg, 1781)

— —, *Lettres taïtiennes* (Breslau : Korn, 1784); (Bruxelles : Le Francq, 1786); (Paris : Les Marchands de nouveautés, [s.d.])

— —, *Loisirs d'une jeune dame* (Berlin : Decker, 1776); (Breslau : Korn, 1784)

— —, *Mélanges de Littérature* (Breslau : Korn, 1779)

— —, *Moralische Erzählungen* (Erfurt : Keyser, 1781)

— —, *Sophie, ou de l'éducation des filles* (Berlin : Decker, 1777)

Omacini, Lucia, *Le Roman épistolaire français au tournant des Lumières* (Paris : Champion, 2003)

Pacini, Giulia, 'Righteous Letters : Vindications of Two Refugees in *Lettres D'une Péruvienne* and Its Unauthorized Sequel *Lettres Taïtiennes*', DigitalCommons@McMaster, 2006

Polak, Michèle, 'Les fictions littéraires autour de Tahiti', *Revue française d'histoire du livre*, 94–95 (1997), 203–220

Richter, Jean Paul Friedrich, *Denkwürdigkeiten aus dem Leben von Jean Paul Friedrich Richter*, ed. par Ernst Förster et Emanuel Osmund, (München : E.A. Fleischmann, 1863), 147–227

Rousseau, Jean-Jacques, *Œuvres complètes*, ed. par Bernard Gagnebin et Marcel Raymond (Paris Gallimard, 1964)

Salmond, Anne, *Aphrodite's Island : The European Discovery of Tahiti* (Berkeley : U of California P, 2010)

Trouille, Mary Seidman, *Sexual Politics in the Enlightenment : Women Writers Read Rousseau* (Albany : State U of New York P, 1997)

Trousson, Raymond et Frédéric S. Eigeldinger, eds, *Dictionnaire de Jean-Jacques Rousseau* (Paris : Champion, 1996)

MHRA Critical Texts

This series aims to provide affordable critical editions of lesser-known literary texts that are not in print or are difficult to obtain. The texts will be taken from the following languages: English, French, German, Italian, Portuguese, Russian, and Spanish. Titles will be selected by members of the distinguished Editorial Board and edited by leading academics. The aim is to produce scholarly editions rather than teaching texts, but the potential for crossover to undergraduate reading lists is recognized. The books will appeal both to academic libraries and individual scholars.

Malcolm Cook
Chairman, Editorial Board

Editorial Board

Published titles

1. *Odilon Redon, 'Écrits'* (edited by Claire Moran, 2005)

2. *Les Paraboles Maistre Alain en Françoys* (edited by Tony Hunt, 2005)

3. *Letzte Chancen: Vier Einakter von Marie von Ebner-Eschenbach* (edited by Susanne Kord, 2005)

4. *Macht des Weibes: Zwei historische Tragödien von Marie von Ebner-Eschenbach* (edited by Susanne Kord, 2005)

5. *A Critical Edition of 'La tribu indienne; ou, Édouard et Stellina' by Lucien Bonaparte* (edited by Cecilia Feilla, 2006)

6. *Dante Alighieri, 'Four Political Letters'* (translated and with a commentary by Claire E. Honess, 2007)

7. *'La Disme de Penitanche' by Jehan de Journi* (edited by Glynn Hesketh, 2006)

8. *'François II, roi de France' by Charles-Jean-François Hénault* (edited by Thomas Wynn, 2006)

Forthcoming titles

For details of how to order please visit our website at:
www.criticaltexts.mhra.org.uk